煎饼客的脚步

李贵堂 著

中国文联出版社

图书在版编目（CIP）数据

煎饼客的脚步 / 李贵堂著. -- 北京：中国文联出版社，2017.4
ISBN 978-7-5190-2686-8

Ⅰ. ①煎… Ⅱ. ①李… Ⅲ. ①李贵堂－自传 Ⅳ. ①K825.5

中国版本图书馆CIP数据核字（2017）第096875号

## 煎饼客的脚步

作　　者：李贵堂

出 版 人：朱　庆
终 审 人：奚耀华　　　　　　复 审 人：邓友女
责任编辑：阴奕璇　　　　　　责任校对：刘成聪
装帧设计：宋　芳　　　　　　责任印制：陈　晨

出版发行：中国文联出版社
地　　址：北京市朝阳区农展馆南里10号，100125
电　　话：010-85923075（咨询）85923000（编务）85923020（邮购）
传　　真：010-85923000（总编室），010-85923020（发行部）
网　　址：http://www.clapnet.cn　　http://www.clapplus.cn
E - mail：clap@clapnet.cn　　yinyx@clapnet.cn

印　　刷：北京恒嘉印刷有限责任公司
装　　订：北京恒嘉印刷有限责任公司
法律顾问：北京天驰君泰律师事务所徐波律师
本书如有破损、缺页、装订错误，请与本社联系调换

| 开　本：710×1000 | 1/16 |
|---|---|
| 字　数：163千字 | 印　张：12 |
| 版　次：2017年4月第1版 | 印　次：2017年4月第1次印刷 |
| 书　号：ISBN 978-7-5190-2686-8 | |
| 定　价：58.00元 | |

版权所有　翻印必究

# 目 录

前　言…………………………………………… 5

巍巍九仙山　依依故乡情………………………… 7

漫漫求知路　孜孜书山行………………………… 26

晒晒煎饼帐　亮亮铁板脚………………………… 36

喜得大学榜　辗转进京城………………………… 46

温馨新生活　甜蜜一年级………………………… 51

难忘的回忆　铭心的教育………………………… 62

战备赴饶阳　分配到岛上………………………… 71

翻译有苦乐　大使在民间………………………… 82

爱情纯似玉　家庭美如花………………………… 94

翻开荣誉箱　历数"军功章"…………………… 113

百年牛栏旺　四代铸辉煌………………………… 133

终生爱学习　年老志不移………………………… 148

# 前　言

古语云:"人生七十古来稀。"年满七十的我,如今眼不花、耳不聋、手未颤、腿未疼,算个健康老人。按国家对老年人"老有所学、老有所乐、老有所为"的要求,退休十年一直驰骋在继续学习的路上,虽不及曹孟德"老骥伏枥,志在千里,烈士暮年,壮心不已"之豪气,但也有退休"思想不衰、知识不减"的决心。

人老是一种自然规律,容易发生旦夕之祸,说不定哪一天,突然走不动了,或患病长期倒在床上,或因急病入院身不由己,更担心绝症突袭,匆匆离开这个熟悉和热爱的世界。所以,趁头脑清醒、手脚利索的时候,该做的事抓紧做,写《煎饼客的脚步》,就是在这种思想指导下开始的。

拙作像一本豆腐账,又像一本记事簿,原只想留给家人及身边的亲朋好友,算是为他们留点念想。写着写着,想法变了,既然耗费了那么多时间和精力,何不让更多的人读一读一个历经七十年风雨的老人走过的路?让更多的人看看我的脚步,了解当年的社风民情,或从某个方面受到一些有益的启迪。

本书书写期间,得到不少朋友的鼓励和支持,有的建议找领导写序,也有朋友主动帮助找印刷厂等,我首先要感谢他们,但我的原则是"自己的事情自己办"。所以,谢绝朋友们的好意,自编自撰,自写序言,自题书名,只可惜自己不能印刷,只好选择比较了解和信任的艺博林轩书画院安排出版之事。在此,我也感谢中国文联出版社为我的拙作付出的辛劳。

最后再说一句,本书是我七十岁前的主要生活、工作片段,尚有不少值得书写的内容,因涉及行业纪律不宜写在书中,虽有遗憾,但也情愿,因为我是一名共产党员。

李贵堂

2016 年 10 月

# 巍巍九仙山 依依故乡情

在山东半岛的沂蒙和胶东之间，有一个群山连绵、溪川映带的五莲县，古属密州。新中国成立后，先后属昌潍专署和潍坊市管辖，改革开放后，滨海小城日照迅猛发展成为地级市，五莲县脱离潍坊划归日照市。五莲县山清水秀，旅游资源丰富，其中有座九仙山历史底蕴深厚，它像一座拔地而起的天然城堡，把山上和山下的村落神奇地隔离开来。方圆三十多里，只有两个进出口。东面的出口是九仙山南天门下面的娄子崖，是一条像泰山天梯一样的石径路，"一人当关，万夫莫开"；西面的出口叫"三瞪眼"，顾名思义，是一条令人望而却步的羊肠攀山小道。在九仙山的沟沟岭岭之间，点缀着靴石、毛家河、前苇场、后苇场、金牛岭、宣王沟、黑牛场、牛栏旺、金洞沟、炮台沟等十几个山民居住处，随着时代变迁，现在合并为七个自然村落。

我出生在九仙山南侧的牛栏旺，离主峰老母阁不到十里路，从小沐浴着九仙山的四季风光，观赏着九仙山的神奇变化，聆听着九仙山的迷人传说。虽然18岁时离开了它，但几十年依然魂牵梦绕，忘不了它的神奇，割不断与它的亲情。

### 传说之一：九仙山的来历

小时候爱跟爷爷在一起，因为他常给我讲故事。他把赶集听民间艺人说书的故事改编成一段段小故事，讲给别人听，我是忠实的小听众。爷爷说，很早很早以前，一位天宫娘娘下凡来到我家住的这片山，她心地善良、爱护百姓，哪家老人有病向她许个愿，病就会好；哪家小孩头疼脑热给她烧点纸钱，就会平安无事。由于天宫娘娘保佑，周围各村庄人畜两旺、安宁平静。过了些年后，来了两个妖怪经常在这里打斗，一打就毁了咱这片山。天宫娘娘到天上查询，原来是东海和南海的两条龙，一条住在白龙潭，一条住在黑龙潭，法力十分厉害。天宫娘娘制服不了双龙，只好去找铁拐李，铁拐李又请来吕洞宾等七位仙人。八仙乘风来到咱们这片山，帮助天宫娘娘制服了双龙，但拼打中吕洞宾的帽子掉在山上化作一块石头，就是现在看见的九仙山的"道士帽"。铁拐李在打斗中也甩掉一只鞋，变成一块巨石矗立在山下，就是现在靴石村西的那块"靴子石"。双龙被制服后，只好老老实实在白龙潭和黑龙潭待着。山里又恢复了平静，铁拐李等八仙升天而去，留下天宫娘娘继续掌管这片山。百姓们为感谢九位仙人，把这山定为九仙山，并在山上修建了老母阁供天宫娘娘永驻，俗称"九仙老母"。

### 传说之二：石牛的故事

在九仙山黑牛场对面的山坡顶，有一块约五米长、三米高的黑色大石头，形状酷似一头仰首而卧的牛，山里人叫它石牛。爷爷说，这石牛原本是金洞沟的金牛。传说这些神牛原是天庭里养的，因为不驯服管理，偷跑出来到了凡间，因被天兵天将追赶，钻进了咱山前的山洞，就是金洞沟的金洞。神牛在山洞里住了若干年，从不糟蹋平民百姓，平民百姓也去金洞烧香送纸钱。有那么一年，神牛不顾仙界的规矩，挣脱天庭拴拦它的钥匙，自己显身跑了出来。金牛岺村的人发现后呼喊着，看金光闪闪在山间奔跑的怪物，神牛经过敞口旺、站石沟和正风顶，一气跑了二十多里路，最后来到黑牛场南边的山坡上，发现这里地势平坦，草肥水旺，是自己渴望的地方，于是变成一块大黑石头，与世人世代相伴。咱牛栏旺和黑牛场世代在这山上放牛，是神牛在暗里保护着。听爷爷讲石牛的故事，

• 与九仙山的巨石相比，我太渺小了

我不再恐惧金洞的阴森，而是喜欢上了石牛，儿时每年暑假或周日经常帮爷爷放牛，也经常爬到石牛的脊背上晒太阳，仔细戏耍石牛背上石坑里天然生长的水虫。石牛总是那么矫健、那么温顺地让我爬上爬下，与它亲近。

**传说之三：龙潭沟的神话**

被九仙山山水冲袭而成的龙潭沟，是一条令人毛骨悚然的大峡谷，是

九仙山奇景之一。两岸峭壁千丈，宛如天公刀劈而成，谷底有黑、白两个龙潭。听老人们说，白龙潭和黑龙潭的龙非常厉害，经常兴风作浪，还能呼风唤雨，山里人平时不敢去惊动它们。但也有一些年轻人"明知山有虎，偏向虎山行"。传说有一年，一位年轻樵夫到龙潭沟西侧的悬崖顶上砍柴，不一会儿，风和日丽的天气突然狂风骤起，把砍柴的樵夫吹倒在地，滚了不少滚儿，幸好抓住一棵百年松枝保住了性命，但他挑柴用的扁担被卷入了龙潭。过了些天，从东海边的两城传来消息说，一位渔民在海边捡到一根缠着皮绳的扁担。他们从扁担和皮绳分析，一定是九仙山人用的东西，但让他们百思不得其解的是，从九仙山到泊里的入海口近百里，一根扁担怎么会露天漂流这么远？有人断然肯定说，龙潭沟与东海有地下暗河相通。黑、白龙潭愈发神奇，在我离开家乡前，我一次也没敢去近在咫尺的黑、白龙潭玩耍……

传奇故事开启我求知的心扉，在离家半个世纪的岁月里，我仍时刻思念着它、关注着它，同时也想刨根问底，揭开九仙山的层层神秘面纱。值得欣慰的是，我在浩瀚的书海里，发现了它，并如饥似渴地阅读和思索。正如习近平总书记在"知之深爱之切"一文中所说："要热爱自己的家乡，首先要了解家乡。深厚的感情必须以深刻的认知做基础。唯有对家乡知之甚深，才能爱之愈切。"作为土生土长的九仙山人，又是第一个从山里进北京读大学的文化人，义不容辞的责任感，促使我把几十年了解的九仙山综合成文，以飨后人和读者。

在祖国960万平方公里的疆土上，有数不清的崇山峻岭，名山不计其数。有些山以蔚为壮观、气象万千而著称；有些山以旖旎秀丽、千姿百态而闻名；有些山则以深厚的宗教、文化底蕴充满神秘和传奇。九仙山囊括了名山的巍崴、秀丽和宗教、文化传奇。

## （一）九仙山，因仙得名的历史名山

古人云："山不在高，有仙则名。"综合史料记载和民间传说，九仙山的来历无不与仙有缘。

其一，据《山东通志》记载，汉明帝时，有九位长寿老人，每天在万寿峰下的石台上饮酒，忽然在某一天，化成仙而去，九仙山由此得名。

其二，九仙山在汉代属琅琊郡，山中有太乙仙人祠九处，故以九仙而名。

其三，传说在远古时代，有姓苏的九个兄弟，因在山上误食仙人的呕吐之物，一道驾鹤成仙，故名九仙山。

其四，是我小时候听爷爷讲的那样，是八仙铁拐李、吕洞宾、曹国舅等在此帮助天宫娘娘降服了妖魔，九仙山由此名闻遐迩……

以上记载和传说，充满了迷人的梦幻色彩，但九仙山在佛教界的声望，的确历史久远。通过拜读我高中时代的恩师王贵云等学者、专家的著作，并对此确信不疑。

• 九仙山巅峰的水池，常年有水，传说是仙女沐浴的地方

早在1300多年前的唐代，曾有应身菩萨筑蓝在九仙山习静。

宋代又有戒比丘毗尼在九仙山建云堂寺，后有牟云寺，香火兴旺数百年。

至明代，心空和尚（俗姓庞，字明开，四川成都人）在九仙山的五垛峰栖身佛法。明万历三十年，因皇太后患眼疾双目失明，皇帝诏书天下名医为其母治眼疾。心空由他人引荐进京为皇太后诊治，他凭十几年周游名山大川和民间走访学成的中医疗法，为皇太后治愈了失明的双眼，受到皇帝的召见和御赐。心空不贪名禄，唯一要求是恳请皇上为其在九仙山的五垛峰建寺庙弘扬佛法。万历皇帝当即许诺，随后即责成张思忠为敕建寺庙的督工，先后用五年时间建成，万历御赐《护国万寿光明寺》为寺名，并将山下四周几十里的村落地盘归光明寺管理。后又发圣旨，将五垛峰定名五莲山，从九仙山中分离出来。明万历四十年和崇祯二年，朝廷又拨款修缮光明寺。

清朝雍正年间，皇太子爱新觉罗·弘历的母亲听说五莲山光明寺佛法高深，便为年幼多病的儿子许愿于光明寺，果然，弘历的身体康复并登基做了皇帝。为报答救治之恩，乾隆为光明寺御笔题写"宝相庄严"四字金匾，山间古寺因有通天之恩，在佛界名声大噪。

清朝末年，德国传教士看中光明寺的仙气，欲分割领地建天主教堂。光明寺住持连夜进京求见皇上，得到慈禧懿旨：五莲山寺，乃明万历皇帝所赐，外域不得擅扰……

由此可见，九仙山因仙而名、依仙而兴，是"齐鲁无双地，千古有美名"的历史名山。

## （二）九仙山，底蕴深厚的文化名山

名山是神话传说最多的地方，又是历代文人荟萃的圣地，他们留下的诗词歌赋，增加了名山的文化底蕴，留给后人无尽的遐想。小时候看九仙山，它就是山。长大成人了解了九仙山的故事以后，在我心目中，它已经不只是座自然的山，它的文化含量让我惊喜和敬畏，九仙山乃齐鲁大地的一座文化丰碑。

## 1. 历代文人墨客讴歌九仙山

早在1000多年前的北宋熙宁年间，集文学家、政治家、书画家、诗人于一身的苏东坡任密州（今诸城）太守时，曾到九仙山游玩，陶醉于九仙山美景，留下九仙山"奇秀不减雁荡"的美誉。在离任密州回江南时，仍念念不忘当地的自然美景，曾写《江城子》词以释心怀："前瞻马耳九仙山，碧连天。晚云间，城上高台，真个是超然。莫使匆匆云雨散，今夜里，月婵娟。小溪鸥鹭静联攀，去翩翩，点轻烟。人事凄凉，回首便他年。莫忘使君歌笑处，垂柳下，短槐前。"

明代大学士、著名书画家，曾做过皇太子老师的董其昌在万历年间也应邀到九仙山游玩，为九仙山的山水倾倒，在此闲居两年多，回江南老家后仍不忘九仙山，在给山东友人的书信中写道："恨不得，抛却江南恋，长做九仙客。"

明代嘉靖二十六年进士、刑部主事、左都御史王世贞，一生仕途，同时酷爱诗文和旅游，在游览九仙山后留有五言律诗："涓然衣带水，忽入松萝间。海雨酣秋色，山风澄客颜。崔嵬径欲尽，窈窕谷堪攀。济胜岂无具，能如度玄关。"

至清代，到九仙山闲居、游玩或做客的文人墨客数不胜数，留存至今的诗词歌赋百余篇，被世人誉为"文章之府"，如全国知名的蒲松龄、丁耀亢、刘翼明、张侗、安致远、李焕章、李澄中、何亮工等，都为九仙山留下优美的诗篇。如张侗作《题砚潭上》，描绘九仙山龙潭沟的砚潭："天门吹雪雪纷纷，谷内其雷谷外闻。龙女车回杓嶂雨，酒翁墨泼砚潭云。霆飞玉辇空山笑，电入霜湫古月分。不复丹崖寻籀篆，酒阑输于洞庭君。"又如李澄中，字渭清，号渔村，山东诸城人，清代著名文学家，曾任翰林院检讨，又充明史纂修官，曾被康熙召赴瀛台泛舟，康熙三十年列名直隶学政，后被谗言所害，弃官回乡，在九仙山隐居，以诗会友，留有《卧象山房集》《艮斋笔记》及诗集十七卷等。录其一首如下："谁从绝巅问羲皇，梦还高云下大荒。一片秋声生响雪，千林寒气落晴霜。空劳填海悲精卫，似可凌虚引望羊。欲访泉流向消息，雅龙飞出雨苍苍。"再录清代张雯的《登九仙西峰》："杖策寻幽壑，峰回欲插天。攀松陟危磴，梯雪出层巅。海阔无三岛，山奇列九仙。尘氛应不到，肥遁遣余年。"

## 2."天下第一奇书"《金瓶梅》的原生地

自明末以来，我国民间流传着一部以揭露贪官污吏、地主恶霸淫荡无羁、横行霸道为主要内容的文学名著——《金瓶梅》。它的出世，与聊斋、水浒一样在社会上引起极大反响，但命运不同的是，《金瓶梅》被历代官府定为禁书不能在书市上架，其作者兰陵笑笑生更无人知其真姓，成为文学界的一大憾事。为此，中外相关学者为它打抱不平：清代著名文学家冯梦龙，视《金瓶梅》和《西游记》《红楼梦》一样，为"四大奇书之一"。清代著名文艺评论家张竹坡把《金瓶梅》誉为"天下第一奇书"。美国、英国、日本等西方文化学者也将《金瓶梅》传播到西方世界。《金瓶梅》在中外古典文学史上占有如此地位，应当为其作者兰陵笑笑生正名。幸得齐鲁大地的专家学者得天独厚，利用查县志、寻家谱、访民间艺人、赴实地考证等方法，探得《金瓶梅》的出生地就在九仙山山根下的丁家楼子村，作者是丁氏家族先人丁惟宁。据史志记载，丁惟宁是明代山东诸城人，其家族和同是山东诸城的清代宰相刘罗锅家族一样，是古城诸城的名门望族。丁惟宁二十四岁考中进士，先后在河北、山西、陕西、两湖等地做官，因锄奸拯民、惩治贪官而多次被诬陷，直至被罢官。弃官后的丁惟宁隐居在九仙山下的丁家楼子村，与其五子丁耀亢一起，耗尽20年心血，终于写出近80万字的长篇巨著，取名《金瓶梅》。

丁家楼子村，坐落在九仙山与五莲山间的十里长峡南端，与我的出生地近在咫尺，两村间互有亲戚，小时候丁姓舅舅经常到牛栏旺的姐姐家玩耍，我去九仙山东串亲，必然路过丁家楼子，印象最深的是丁公祠和仰止坊。仰止坊是完全用石条建成的牌坊，阴面有"山高水长"四个大字。丁公祠也是从地面到房顶，一色用石头建成，即使炎热的夏天，一进丁公祠，就觉得凉丝丝的。长大以后，才知道它是明代丁惟宁的长子丁耀斗为颂扬其父的功德而建，距今已有六百多年历史，期间丁公祠和仰止坊多次遭遇天灾人祸，却奇迹般的存留至今。有地方志记载，1668年，这一带曾发生七级地震，村舍尽坏，压死2700多人，但丁公祠及牌坊岿然不动。2000年，国际《金瓶梅》研究会的近百名专家学者，曾到丁家楼子村考察，无不被丁公祠和仰止坊传奇所感动。

九仙山，我从内心为你藏而不露的神秘面纱而惊奇，为你成就了一部千年旷世的名著而骄傲！

## 3."孙膑书院"和《孙子兵法》

小时候听传说，《孙子兵法》是孙膑当年在九仙山所著。当长大成人读到《孙子兵法》时，注解解释说，作者是春秋战国时期的孙武，其十三篇的兵法蜚声中外、流传千古。出于九仙山的情愫，在我日常繁忙工作之余或因公外出的闲暇时间，经常逛书店，默默地留心阅读有关《孙子兵法》的书籍，探求它的作者及九仙山的关系，结果小有收获。

### 其一，孙武的"孙子兵法"

现在被世人熟知的《孙子兵法》，多是被古今中外奉为"兵书圣典"的"十三篇"，是春秋末期为诸侯吴王阖庐效力的孙武所著。据《东周列国志》《四库全书》等史书记载，春秋时期政局动荡、诸侯争霸，盘踞在长江流域的吴国是争霸的五强之一。吴王阖庐通过发动战争，先后吞并或降服一些小国弱国后，急于招募贤才攻楚伐齐，其谋士伍园则推荐孙武："此人精通韬略，有鬼神不测之机、天地包藏之妙，自著兵书十三篇。世人莫知其能，隐于罗浮山之东，若得此人为军师，天下莫敌，何论楚哉？"阖庐听后大喜，着伍园派人召见孙武，先听孙武对其兵书的陈述，称赞其是"通天彻地之才"，后让孙武展示指挥才能，则出现了后世脍炙人口的"孙武子演阵斩美姬"的千年佳话。吴得孙武，如鱼得水，西破强楚，北威齐晋，显名诸侯。吴王阖庐多次封赏孙武，孙武在功成名就之后则不愿居官，仍想还山隐居。伍园劝说，孙武曰："子知天道乎？暑往则寒来，春还则秋至。王侍其强威，四境无虞，骄乐必生。夫功成不退，将有后患，吾非徒自全，并欲全子。"最终孙武辞官"飘然而去，不知其所终"。

《孙武兵法》的十三篇，分别是："始计第一，作战第二，谋政第三，军形第四，兵势第五，虚实第六，军争第七，九变第八，行军第九，地形第十。九地第十一，火攻第十二，用间第十三。"

## 其二，孙膑的《孙子兵法》

史书记载，在孙武之后约百年，华夏大地上又出现了一位杰出的军事家，他就是出生于齐国的孙武的后人孙膑。孙膑得到先辈的生命基因，对军事有独到的悟性和潜能，又得到奇人鬼谷教诲，兵法智高超人。孙膑学成下山时，师傅鬼谷拿出一本书给他，说："这本书是你先祖孙武所著兵法十三篇。你先祖把它献给吴王阖庐，阖庐用这兵法大败楚军。阖庐非常珍惜这部书，不想把它流传在外，就秘藏于姑苏台屋内一隐秘处，后来姑苏台遭战火焚烧，兵书绝世。我和你先祖相识，交情很深，我手中有一套你先祖兵书的手抄本，还有我作的注释，用兵秘密尽在其中，但从未传给他人，今见你心术忠厚，决定把它传给你，你仔细读读吧。"孙膑如获至宝，连读三天三夜。鬼谷考他时，对答如流，竟一字不漏。鬼谷喜曰："很好，你先祖后继有人啦。"

孙膑出山后被魏王使者说服，和学友庞涓共侍于魏，后遭到庞涓诬陷而被"刖（yue）足黥（qing）面"变成残疾人。忠厚仁义的孙膑按鬼谷留给他的秘笈，装疯卖傻骗过庞涓出魏而侍齐。在辅佐齐宣王打魏救韩时孙膑设计，把庞涓诱入马陵道万箭射死。齐宣王对孙膑多年的战功封赏，被孙膑婉言拒绝，并把手中的兵书献给宣王说："我是个废人，幸得君王重用，如今我以战功报答了您的知遇之恩，这次又杀了庞涓报了私仇，我已很满足了。我的所学所用，都在这兵书当中，再留我也没多大用处，我希望您给我一处清静的山林，让我在那里颐养天年。"齐宣王见孙膑情真意切，不再强留，封他"石闾之山"。孙膑住山几年，以后就不见了，人们传说他被鬼谷超度而去。孙膑所著兵书有十五篇目，分别是"擒庞涓""见威王""威王问""陈忌问垒""纂卒""月战""八阵""地葆""势备""兵情""行纂""延气""官一""五教法""强兵"。

《孙武兵法》和《孙膑兵法》，是两部同被后人称为《孙子兵法》的兵书盛典。春秋时代，国人把博学名家尊称为"子"，如孔丘称孔子，孟轲称孟子，晏婴称晏子，管仲称管子，孙武和孙膑同被尊称为孙子是历史事实，两部兵法皆以《孙子兵法》世代流传至今。九仙山的"孙膑书院"，其渊源至今尚未完全洞悉，但九仙山一带确有历史遗迹可以做证，远古时代这里曾是军事要塞。如九仙山仓厫岭到前苇场有一段百余里长的战国时期的齐长城遗址；仓厫岭上还有战国时期李牧的兵营遗址"牌孤城"；在临沂出土的汉墓中发现了刻在竹简上的《孙膑兵法》。九仙山建有"孙膑书院"是有史料依据的。

## （三）九仙山，天生丽质的旅游名山

在我18岁离开九仙山的五十多年间，曾游览过不少名山，也被许多壮观美景吸引和陶醉过，但从内心而言，唯九仙山与我情有独钟。因为我是九仙山的儿子，我永远像儿子对父母一样关注和爱护着它。早在华国锋出任党和国家最高领导人的时候，我听了他做的《为实现全国农业现代化而奋斗》的报告，心中久久不能平静，曾给党中央写过信，反映五莲山区急待解决的交通问题。记得在信中我明确写道:"如果交通问题不解决,山区实现农业现代化只是一句空话,想让山区人民富足也只是空谈。我是从五莲走出来的一名国家干部,殷切希望家乡能赶上全国农业现代化的步伐,但交通不解决,农业机械怎能开到山里去?山区人民'牛拉犁、人刨食'的原始农业状态怎能彻底改变?"在那之后的一年一年里,凡我与家中通信时,总询问家乡的公路建设。大约过了十年,通往九仙山的"三瞪眼"修建了公路,终于有拖拉机进山出山,我的小弟弟也买了一台拖拉机,成为宣王沟村第一个机动车车主。2005年回乡探亲时发现,原先的土马路又被加宽。十几年后的2015年,我再回家乡时,用水泥铺成的公路已贯通九仙山内外,"三瞪眼"山顶建成能调度旅游大巴的广场,广场边矗立着"九仙山AAAA级国家森林公园欢迎您"的巨幅宣传牌。弯弯曲曲的水泥路顺着沟沟坎坎一直通向九仙山海拔600米的最高峰。翌日,我登九仙山看山东坡的变化时,欣喜地看到耗资巨大的索道工程即将竣工。我的眼睛湿润了,青年时代的梦想终于实现了,九仙山人再也不与世隔绝了,九仙山父老乡亲的好日子从旅游业的兴起,会像芝麻开花节节高。

对于九仙山而言,要想富,先修路;谋首筹,抓旅游。九仙山的旅游资源实在太丰富了,可谓"取之不尽,用之不竭"。

### 1. 天然景观多,处处是景点

历数天下名山,最吸引人的当数"五绝",即奇峰、怪石、飞瀑、幽洞、深壑。

九仙山有名的奇峰有50多座,以卡山垛为最高,周围有铁臂峰、观音峰、石迹峰、抱犊峰、兔耳峰、鹰窝峰、万寿峰、笔架峰、环奎峰等,峰峰峭峻,天授地设。

九仙山的怪石林立,犹如神工鬼斧、栩栩如生。听听它们的名字就可想而知,朝天猴、犬天狗、凤凰石、磨剑石、靴子石、道士帽、石角棚、鲅鱼石、神龟寻子、八戒拜佛、神蟾探海等，石石惟妙惟肖，各有故事。九仙山的飞瀑，堪称一绝。每到雨水季节，整个九仙山像一个天然的瀑布公园，"飞流直下三千尺，疑是银河落九天"的壮美景观随处可见。特别是从老母阁爽心濡顺山而下的水流，被层层石床、巨石阻挡，变成一条条

• 九仙山和尚陵一隅

高低不同的瀑布涟和水帘，少则几米，多则近百米，或如浪崩雷奔一泻千丈；或如细玉珠帘婀娜多姿。正如古人描述的那样："拔地万里青嶂立，悬空千丈素流分"（王安石《日照绝句》），"雪净鲛绡落刀尺，大珠小珠飘随风"（严遂成《白水岩瀑布》），"青山短缺耸双剑，元气直泻岩头涯"（蒋士钰《开先瀑布》），"银河飞落青松梢，素车白马云中跑"（袁枚《到石梁观瀑布》）。九仙山常年不断的瀑布要数龙潭沟的"十八瀑布"。来自九仙山各峰峦沟壑之水，汇聚在毛家河，形成常年不断的河流。河水以穿石之力冲击着山涧，形成了一个个深浅不一的水潭，如霜潭、墨潭、元潭、砚潭、沟石槽潭、清鱼潭、云镜潭等。这山间水潭的筑成者，就是常年不断的水流，雅号瀑布。龙潭沟"十八瀑布贯龙潭"，其中最著名的是气势

磅礴的白龙瀑布和雪练瀑布。

九仙山的幽洞深壑，不胜枚举，比较有名的幽洞有金牛洞、水帘洞、烟雨洞、碧云洞、流霞洞、小洞天，有名的深壑有积霖谷、卧鸥流、黑牛谷、天门底、流云峡、龙纹涧、炮台沟、站石沟、兰陵峪等，洞洞有神秘、壑壑贯仙气。我虽生于斯长于斯，然多是只知其名，未识"庐山真面目"。比如金洞沟的金洞，当年香火旺盛，也经常有人钻入洞中探寻其底细。山洞口小肚大里面究竟能容纳多少人，究竟多长，无人知晓。探险者或因火把缺氧熄灭，或因呼吸困难而退却。金洞的奥秘，连当年在那里居住的李贵春夫妇也说不清。中学时代我也有几次到金洞玩耍，也想进洞探秘，但一进洞口，就被那阴森的气流激出一身鸡皮疙瘩，原先准备好的一身胆量戛然全无。

## 2. 天然植物园，四季花果香

地处北温带的九仙山，由于特殊的地理位置和地质结构，一年四季冬不寒、夏不热，春有山花烂漫，秋闻瓜果飘香。

每到春天，冰雪消融，万物复苏，九仙山的沟沟坎坎无处不绿、无草不花，那万紫千红的山花，蜂缠蝶恋。其中最妖娆和令人痴迷的"五朵金花"当数映山红、金银花、蔷薇花、野百合和山菊花。在靴石、黑牛场、牛栏旺三个山村的山坡背阴面，都有大片的映山红。每到春夏之交，或深或浅的映山红花竞相争艳，红红火火，撩人心弦。金银花和蔷薇花，则点缀在山坡的阳面和小溪旁，花开之季，十里飘香，沁人心脾。野百合和山菊花，生命力极其旺盛，即使在春旱无雨或秋高气燥的不利环境下仍能姹紫嫣红、色泽迷人。平地山花烂漫，树上春意盎然，九仙山里有几十种果树，如桃树、杏树、梨树、樱桃树、李子树、海棠树、山楂树、板栗树、核桃树、柿子树等，开花季节，花香鸟语，让人流连忘返。春夏之交成熟的水果有樱桃、杏子和"五月鲜"的桃子。当地有谚语叫"四月八，樱桃掐"，因为樱桃的采摘方法是用手一串串捋下来的，所以农历四月初八前后是捋樱桃的季节，红色的、黄色的、紫色的，不同品种的樱桃给山里增添了丰收的喜悦。继樱桃和杏子之后，便是"五月鲜"的桃子和六月的李子。如果山外人走进九仙山，这些水果可免费管吃。我小的时候，家里曾有20多棵樱桃树，自家吃不了，父亲便发动全家老少捋樱桃，然后分别送给潮河、叩官、王世疃、迟家庄等周边的亲戚朋友尝鲜。凡路过我家樱桃园的路人，家人会主动向来人打招呼，请他们摘樱桃吃，吃够了还可带点走。

一到夏季，漫山遍野的林木郁郁葱葱，苍翠欲滴。成材的树木有松树、榆树、柞树、槐树、楸树，还有当年我也叫不出名字的珍稀树木，如青檀、山茶、黄杨等，都是几十年后才叫出名字的。这些遮天蔽日的树木，调节山间的气候，即使是酷热的夏季，在山里仍是凉风习习、空气清新，用现代的时尚词则叫纳凉胜地、天然氧吧。

秋天是收获的季节。山里的各种瓜果，历经骄阳的暴晒和秋霜的洗礼而傲立枝头，显示出一片勃勃生机。柿子又黄又大，黑枣又黑又多，核桃绿里泛黄，山楂红里透紫，山梨压弯了枝，板栗笑开了口……

冬季，是农闲季节，旧时人们上山砍柴割草，为冬季的取暖和烧火做饭用。多数落叶乔木万叶纷谢，但仍有松树、柞树、橡树、银杏树依然枝叶挺拔，发出沙沙的天籁之声。那熟透干瘪的山梨和黑枣仍挂满树梢，任凭朔风蹂躏也毫无惧色。少儿时代的我，特别喜欢爬树采摘几乎水分殆尽的山梨和黑枣，放进嘴里慢慢品味，其香甜甘醇，刺激大脑头层分泌出满口的唾液，让我鼻通咽润，甚是舒服。

## 3. 仙山生灵旺，天赐聚宝盆

九仙山里不仅有美景美花，而且还有数不清的野生动物。这些山间生灵，在不同的季节，不同的时间段，活跃在青山峻岭之中。其中，群居在悬崖峭壁上的有山鸽子、山鸡、乌鸦和山鹰。活跃在灌木丛中的有布谷鸟、画眉、辣嘴、叮当及山雀。这些飞禽，除山鹰以外，几乎都以草籽、昆虫为主要饵食，鸽子和山鸡以群居形式而生存，一动就是成群地飞翔或觅食。大鸟中最受人们欢迎的是喜鹊，被山里人尊为喜鸟，每当喜鹊在谁家房前树上喳喳叫，这家主人会特别高兴，相信有喜事临门。人们最讨厌的鸟是乌鸦，俗称老鸹，"老鸹叫"被村民认为不吉利。

水里游的生灵有鲇鱼、白鳝、锥哈、河虾、河蟹。我在宣王沟上小学的时候，中午不睡午觉，经常和小伙伴一起到村西的河里抓鱼摸蟹，鲇鱼、锥哈及河蟹是我们的美餐。鲇鱼不好抓，但我们有绝招能让深藏不露的鱼儿出来。方法是采集一种苦味大的平柳树叶，用石头砸碎，用手揉搓出叶汁，让苦汁流到有鱼的水汪里，不一会儿，就会发现有鱼在水里翻身打滚地挣扎，我们则不慌不忙地把它们抓住。抓河蟹的最好方法是夜间，用小麦秆等干草点上火把，顺河沟照明捡蟹，因为河蟹在夜间都从石头缝里跑出来觅食，一见火光特别老实，任凭人们抓住装进蟹篓或大葫芦头。无任何污染的山间溪水养育的河虾、河蟹及鱼类，是酒桌上的佳肴，也是孩子们补钙健脑的天然食物。

除了天上飞的、水里游的，还有地上爬的和山里跑的，主要有狼、狐狸、黄鼠狼、野獾、野兔、刺猬和各种蛇。这些山间生灵，有的对山里人有害，得不到人们的保护，数量越来越少，比如我小时候经常听父辈说山里有狼，我也多次在黄昏时分望见狼群在山梁上走动，但一次也没有正面遇见过。野獾经常夜间出来偷食地里的鲜花生，我也经常看到被獾糟蹋的农田。小时候也见过被长辈们用大铁夹子逮住的獾。狡猾的狐狸，隐蔽得更好，我只遇见过一次，那是在一个暑假的一天，我在山里拾柴火，突然发现一只个头比狗小，眼睛像猫的动物，我和它眼球碰在一起时，它那贼亮狡黠的眼睛令我毛骨悚然。我突然想起和我一起上山的大黄狗，便大声唤它，当大黄狗跑到我跟前时，狐狸已经离我很远了。我手指着狐狸，向大黄狗发出追击的手势，大黄狗立即风驰电掣地追去，当大黄狗在临近山顶时几乎追上了狐狸。奇怪的事情发生了：大黄狗突然停止了奔跑，而且像是难受的样子在原地直转圈。过了一会儿跑回到我的身边,眼睛里有泪痕,像一个受了欺负的孩子。我回家和父母说了这个经过,父亲说,那个动物肯定是狐狸(当地人称为貔狐),它的特异功能是屁特别臭,遇到危险时,它会放屁,人闻到都会熏晕,大黄狗是被它的屁打蒙了。山里的生灵都各有生存的绝招,即使是一只平凡的野兔也不会轻易被人抓到,我少年时代,在山上和野兔相遇很多,特别是刚出生不久的小野兔,我追它跑,当它跑进一个石头洞口时,我便堵住口,伸手进去捉它,可事与愿违,当我趴在地上用眼往洞里瞅时才发现,洞里另有透亮的地方,小野兔从 A 洞入,从 B 洞出,早已逃之夭夭。我回家和爷爷讲起,爷爷说,动物都有自己的生存本领,它敢往洞里钻,说明它早先就知道洞里另有出口。野兔的窝一般

• 九仙山下的靴子石,传说是铁拐李甩在这里的
(摄于1987年,右起李贵明、导游、李贵堂)

都有伪装得很好的两三个出口,有危险时,它会轻松地逃脱。后来,当我学到成语"狡兔三窟"时,对老师的解释颇有疑惑,我理解的"狡兔三窟"

是指兔子的一个窝有三个窟窿，并非是老师解释的三个窝，为此还和老师争辩过，惹得老师不悦。

　　可爱的动物是山里的生灵，它们受到大自然的呵护，又为山里人奉献着美味佳肴。记得我小时候一年只能吃到两三次猪肉，但吃的山鸡肉、野兔肉，多得数不清。一是爷爷用"鹄"逮的山鸡（音 hú，人工喂养大的雌性山鸡，用它来吸引山上的雄性山鸡），当鹄在山上咯咯叫时，山里的野鸡尤其是雄性，会踊跃飞来相会，当飞到鹄的身旁时，其爪子立即被钉在地上的"扣子"套住。爷爷的狩猎方式有些残忍，但当年的我，只要能吃到香喷喷的山鸡肉，不但不埋怨爷爷残忍，而且还表扬爷爷的厉害。二是我家养的大猫，每天夜间外出"打猎"，凌晨准会叼着山鸡或山老鼠回家。那些山珍多数"便宜"了我和弟弟妹妹们。不仅是捕捉山鸡，山里人冬天狩猎更有绝技。寒冬腊月，九仙山上银装素裹，洁净无瑕的白雪给群山蒙被，山里不冬眠的生灵，如山鸡和野兔，经常踏雪觅食，雪地上留下了它们的一串串脚印，狩猎的人寻着生灵们的"脚印"追踪到它们的窝，在窝旁放上诱饵按上铁夹子，翌日准会捡到一只受伤或死亡的野兔，这好像是上天为山里人送来的肉食。

　　说到山里的宝贝，我不能不说九仙山里的中草药。方圆三十里的九仙山上，到处生长着能为人们消炎解毒、降压止疼的草本植物。在我上中学的六年间，我坚持挖草药解决学杂费。开始时，爷爷告诉我说，"大山是个宝，看你找不找"，指的就是中草药，我在爷爷的指教下，认识了20多种中草药，如大柴胡、小柴胡、黄芪、桔梗、半夏、石竹、苍术、丹参、百合、葛根、瓜蒌、山药、野苏子、金银花、龙衣、蜂窝等。每年暑假和星期天，我的大部分时间是背上筐子、提着镢头，上山采集中草药。回家后，爷爷帮我分类晾晒，晒干打成捆后，送到松柏林的药材收购站，每暑假期间，少则卖五六元，多的时候能卖近20元。父亲统一为我掌管，除了学杂费以外，每周给我几角让我买咸菜吃，我不舍得买咸菜，而积攒起来看电影或买课外书。所以，在我的记忆里，九仙山就是个聚宝盆，天上飞的、水里游的、树上长的、地上跑的、土里挖的，到处都是宝。记得 1960 年—1962 年的三年自然灾害期间，平原地带因饥饿死了很多人。九仙山里也来了很多乞讨者，有的是山东聊城、菏泽等平原地方的，也有从江苏、河南远道而来的，每到我家时，母亲或多或少，总会给他们点吃的。我听他们说，他们那里受灾了，饿死很多人，我为生长在山里，有山菜野果充饥而自豪。三年自然灾害最艰苦的时候，班上有近三分之一的同学先后因生活窘迫或患浮肿、贫血等疾病而辍学，我则带着糠菜团子坚持读完初中，我由衷地感谢我的父母、由衷地感谢九仙山养育和呵护着我，给了我继续读书的机会。

**九仙山，历史名山、文化名山、旅游名山，我心中的母亲山。**

# 漫漫求知路 孜孜书山行

　　1953年秋天的一个午后，天高气爽、凉风习习，母亲把一张炕席拿到院子里铺下，把一条旧被絮拿出来放到席上，又从布包袱里找出一缕缕零碎的旧棉花补填被絮上的窟窿，我在母亲身边玩耍。忽然，家里的大黄狗叫起来，爷爷知道有外人来了，便从东屋里出来，来人我不认识，但他叫我爷爷说："二爷爷，有好事了。"我好奇地凑过去听他和爷爷谈话，他指着我说，"我这个兄弟今年该上学了，明天就让他跟宝明叔去村里上学吧。名字老师给起好了，叫贵堂，你看中不中？"爷爷说："挺好，挺好的。"接着，爷爷和他交谈起来。我回到母亲身边，悄悄地问母亲："为什么那个人也叫我爷爷为爷爷呢？"母亲告诉我说，来人是村干部，叫李贵昌，按辈分儿是我的哥哥。母亲说是我哥哥，好像有一种亲近感。我又凑到爷爷身边，听他和李贵昌说话。爷爷一边抽着烟一边说："我家几辈子都是睁眼瞎，没有一个识字的，到这辈赶上好时候了，这都是共产党的恩德啊。"我在一边听着，当时虽不知道"共产党"是谁，但这个名字却牢牢地铭记在我的心里。

第二天，我跟着宝明叔到宣王沟小学上学。因为我家住在离村三里路的牛栏旺，从小很少见到陌生面孔，所以上学第一天就出了大笑话：我清楚地记得，当年的教室没有桌子和凳子，全是在长木板底下垫上墼(ji)（未经烧制，形状像大方砖的黄泥巴土坯），矮的是凳子，高的当桌子，一条木板能坐六七个学生。一排有两块长木板。学校只有一处民房，一个老师。一至三年级同室上课。上课点名一起点，授课分别进行。我跟着二叔走进教室，因为年龄小，个子矮，被安排在紧靠黑板的第一排座位上，而且背向黑板，和倒数第二排的同学面对面共用一张木板桌，我的脸对着几十个陌生的面孔，心里很紧张。老师开始从三年级点名，一个个比我又高又大的同学先后站起来，有的答"到"，有的答"在"，有的答"有"。我当时不懂"点名"是什么意思，只听到他们都答一个字。正在我好奇又紧张的时候，老师点到我身边的一个同学，他站起来喊"到"，老师又点到我旁边的叫李为太的名字，他站起来答"有"。当老师点到"李贵堂"时，我匆忙站起来，头脑里一片空白，只记得前面同学叫李为太，最后一个字是"太"，我就喊"太"，教室里哄堂大笑。我知道自己回答错了，羞得放声哭了起来，老师没法上课，让我二叔把我领出教室，二叔一边拉我一边责备说："你不答到，为什么喊太？"走出教室，我哭得更厉害了，引来一些村民围过来看热闹，一位上年纪妇女（后来知道是李贵汉的爱人，我应叫嫂子，她后来经常用这个故事跟我开玩笑）安慰我说："没事没事，第一天不知道，过两天就会了。快把眼泪擦干进屋上课吧。"我听劝回到教室。从此，踏上了漫漫的求知之路。

小学四年，我很幼稚，但非常执着。从"开学了，我们上学""我们要好好学习，做毛主席的好孩子"这些最简单的课文开始，学会了繁体、复杂的汉字，也从1、2、3这些最基础的数字开始，学会了加减乘除的数学运算。我为学到知识而自豪，回家经常给父母做表演，并主动在屋门上写字教父母及婶子认。我的学习成绩逐年上升，老师也越来越喜欢我。有一年初冬，我脚掌被钉子扎后发炎，由于没上药治疗，肿得不敢穿鞋，也不敢走路，但为了上学，我不让父亲背着送我，坚持自己走，后来实在走不好路，就拄着一根木棍，一瘸一拐地坚持上学。王光辰老师感动得亲自到路上迎我，多次背我到学校，并把这件事汇报给乡里，乡里又反映到县里，据说县教育局在工作简报上表扬了我。王老师特意到我家对我父母说："贵堂是个有出息的孩子，你们一定好好供应他上学。"

1957年，我和同村的六名伙伴一起考入离家十二里路的贺家店子小学读五、六年级。每天早上太阳刚照山尖，母亲就把我叫起来吃早饭，完后带一顿中午的干粮，八点以前到学校。下午放学后，一群小伙伴一起回家，一天来回24里路一点也不觉累，正是："山路上的少年一脸阳光，山路上的歌声唱着希望，山路上的书包背着未来，山路上的雏鹰向着远方。"高小的课程增加了，课外的集体活动也多了，特别是义务劳动和文体活动几乎天天都有。记得学校的大墙上有条醒目的大标语，"我们的教育方针是使受教育者在德育、智育、体育诸方面得到全面发展"。我参加了学校的腰鼓队和墙报组。因为我从小学就特别喜欢写字绘画，写美术字是我的强项，在墙报组负责墙报的编辑和版面书写。腰鼓队是老师选定让我参加的，每周有两个下午的课外活动搞集中训练，从基本功开始，逐渐增加难度和花样。半年后，我们腰鼓队名扬全乡。学校为我们买了服装和彩带，表演时穿上服装，腰间系上绸子彩带，脸上擦上胭脂，背紧腰鼓，在"锵锵锵"的铜钹指挥下，我们挥动鼓槌，身体有节奏地蹦跳、仰俯、旋转，一套节目下来，个个满头大汗，脸上的粉彩和汗水交织在一起，有时竟成了小花脸，惹得路人大笑。至今我仍能准确地打出腰鼓的多种花样，比如"咚巴、咚巴、咚咚巴咚巴""锵锵可啦啦啦、锵锵、可啦啦啦"等优美的旋律。由于我的学习成绩优秀，又是学校腰鼓队的主力队员，同时还担任学校墙报组的组长，很快被选为少先队的中队长，尔后又升为副大队长，左臂上三条显眼的白底红杠标志，成为近百名同学中的佼佼者。

农村学校离不开劳动，农家孩子从小不惧干活儿。在党的教育方针指引下，我们从高小开始勤工俭学。除了乡政府布置的诸如打蝗虫、捉松毛虫、捡麦穗等劳动外，我们少先队员还背上粪筐，在上下学途中，顺着路两侧的沟沟坎坎，捡牛粪或猪狗的粪便，到学校由老师估重记账，每周公布一次每人捡粪的重量评出红旗少先队员，等大坑的粪满了，贺家店子生产队派人来挖出拉走，生产大队好像也给学校一些报酬。一个个十岁出头的孩子天天背着粪筐，沿途村民褒贬不一，有的说好，有的则说"让这些孩子背着粪筐臭烘烘的，哪像学生样儿"。有些同学受到影响，公开反对这项勤工俭学活动。但多数同学反驳说："没有大粪臭，哪来饽饽香？背粪筐是不好看，但我们要练思想，怕脏怕臭算哪家农民的孩子！"我记得在学校的板报上也开展过讨论，多数同学经受住了考验，这项活动坚持到毕业前夕。

1958年，全国开展"总路线""大跃进""人民公社"三面红旗运动，各村庄的墙上都写着三面红旗的大标语。还有些标语写着"苦干十五年，把中国建成共产主义社会"等。在当时还极其贫穷落后的松柏人民公社，建了一些土窑小高炉，参加大炼钢铁运动。在贺家店子南面的刘家南山村，当时开了铁矿，长辈们用手推车来来回回往松柏林的"炼钢厂"运送矿石。我们贺家店子高小也为全民炼钢做贡献，学校组织我们给炼钢厂送矿石。从刘家南山村到松柏林，近20里路，我们这些十二三岁的学生，排队到刘家南山矿区，一人扛一块矿石，刚扛到肩上不觉得重，有的还让老师换大一点的，我也是一样，扛了一块较大的板状矿石，当时觉得不很重，扛起来就快步下山加入到长长的红领巾队伍中。约走了四五里路，队伍前进速度就慢了很多，有些女生开始掉队，我们男生还互相比着往前冲。当走到白庙子村前时，老师大声鼓劲说："走了一半多了，加油！"我心里咯噔一下，"怎么才走一半多？还有那么远，肯定坚持不住了"。心里这么想，更觉得肩上的矿石变重了，一会儿换到右肩上，一会儿又换到左肩上，两个肩膀都疼，两只胳膊因为一直举在头顶扶着石头，也酸得有些麻木。老师的鼓励越来越频繁，一会喊"鼓足干劲争上游"！一会又喊"少先队员要勇敢不能掉队"！汗水湿透了衣服，满头的汗一直往下流，脚底也有些跟跄。当距松柏林还有二三里路时，我们实在走不动了，幸亏老师喊："停下休息一会吧。"说时迟，那时快，一块块矿石都被摔在地上，同学们也都一屁股躺倒在地，嘴里呼呼喘着粗气。有的同学累得躺在地上一动不动。老师一边安抚我们，一边又反复说些鼓励的话。当再扛起矿石时，谁也没勇气互相比了，只能低头咬牙坚持着。就这样，终于完成任务，把矿石扔到炼钢厂。但后来知道，松柏林的小高炉根本炼不出钢，只烧出一些铁渣块。

在我高小快毕业时，我的班主任岳鸿斗（记得是安丘人，个子不高，多才多艺，精明强干）老师到我家做家访，在和父母交谈时，几乎又重复着我小学老师的话，夸我是个有出息的孩子，希望我的父母千万要支持我上学，别因困难耽误了我的前程。我父母表示说："只要能考上中学，家

• 母校五莲一中教学楼北侧，大书供大家欣赏，后面的飞机是退役战斗机。据说是一位师兄（某军区空军司令员）赠给母校的

中再苦再累也会供应到底。"当时，同学中已有不少人因家庭生活困难辍学。我感谢我的老师，也感谢我的父母，在当时困难的条件下仍支持我的学业。我也算是争气，1959年夏天以品学兼优的成绩考入五莲县第七中学。有意

思的是，1958年我们送矿石的钢铁厂，1959年已被夷为平地建起了五莲县第七中学，我就是这个中学的首届学生。

初中三年，正是我国三年自然灾害时期，也因当时苏联的背信弃义，撤走专家和援华项目，使我国国民经济陷入危机，人民生活十分拮据。我们学生带的干粮多半变成了糠饼子或野菜团子，不少同学因吃糠饼解不下大便，有的因为吃野菜太多而全身浮肿。当年五莲七中的教职工和我们学生一样，过着非常艰苦的生活，他们带我们一起勤工俭学，到野外捡菜梗、挖地瓜、砍树条编筐等。由于营养跟不上，学校的操场变得很冷清，爱好体育活动和跑步锻炼的师生已寥寥无几。我的健康状况也不太好，记得有一次学校体检，姓徐的女校医给我抽血样时竟挤不出血，当时她惊讶地说："哎呀，你是不是贫血？怎么针扎下去挤都挤不出血呀？"我不以为然，反正自我感觉身体没有大毛病，有点贫血也没害怕。

初中三年的求学之路，确实非常艰苦，但也真磨炼了我的意志。从家到学校二十多里路，其中三分之二是山路，冬天每周回一次家，夏天干粮容易发霉，所以每周要回家两次，山路上只我一人独行，一年四季，险情屡屡发生。冬季下雪掩埋了山路，我只能凭记忆和感觉踏雪寻路，尤其是后苇场村后的山路，是比羊肠还细的鸡肠小道，平时能看见行人的足迹，雪后根本无人行走，但我为了上学，冒着随时滑下山崖的危险也义无反顾。夏季雨多，山洪暴发，河水迅涨，泥沙石块滚滚而来，为了赶路，只好冒险过河，有多次险情发生，至今想起来仍心有余悸。另外，还有因鬼怪故事造成的心理因素，闹出不少故事。听老人讲，在我上学途中有三四个山沟是经常有妖怪出没的地方。平时我走到那些地方，心里捏着一把汗，低头快步行走，生怕被鬼妖捉住。大约1961年秋天的一个周六下午，我三点左右离开学校，因为中途遇到高小时候的同学玩耍了一些时间，所以在离家七八里路时已是皓月当空。离我家不远处有个大川旺，传说是个有妖的地方。我走到那里时，心里很紧张，边走边用眼的余光瞟着山沟里的动静。不巧的是，危险真的发生了：在明亮的月光下，在呼呼的山风声中，我瞟见一个穿着白色衣服的东西从山沟深处飘飘而来，忽高忽低，忽快忽慢。我吓得头皮发麻，心想真是碰上妖怪了，我不时地用两眼的余光瞥着那个在半空飘逸的妖怪，脚下的步伐更快了，但又不敢跑，因为听故事说，如果鬼怪发现了你，你越跑它会更快地追上你挖心掏肝。我浑身颤抖着不敢停留，又不敢快跑，总觉得后面有东西跟着我。回到家时，身上的衣服全湿透了，我把遇到的事儿和父母说了，母亲安慰我不要怕，父亲则责怪我说："妖怪是人编出来的，哪有什么鬼怪？安心吃饭吧。"第二天早上起来，我发烧起不了炕，母亲给九仙山的"仙姑"烧纸，嘴里喃喃地乞求着什么。临近早饭时，父亲从外面回来，胳膊夹着一捆白色透明的东西。因为当时不懂得什么叫塑料薄膜，农家把透明的塑料纸当宝贝一样贴在窗户上当玻璃，俗称玻璃纸。父亲对我说："这是我从大川旺捡回来的，你说的妖精大概就是它，让风一刮就飘起来了，风一停它就落下来，我是从一棵松树上拽下来的。"我说："怎么会有这个东西？"父亲说："这么大的玻璃纸咱们这里没有，是台湾用飞机发过来的空飘，里面包着他们的报纸和画报，飞机撒下后，这个玻璃纸袋子有的就开了，里面的报纸传单就飘得到处都是。胶南县那一带见得多，有的人交到公社了，有的偷偷糊了天棚，咱这里捡到的不多。"听了父亲有理有据的解释，我心平静了，觉得头也不疼了，我心里崇敬父亲，父亲不愧是个老共产党员，他为了给我解除疑惑，亲自到那山沟"破案"。

1962年春天，我16岁，学校团组织吸收我加入共青团，并选我担任团支部的文体委员。但在学习方面，明显地发生了偏科现象。语文、政治、史地等科目成绩优异，名列前茅，而理化、数学等科目越来越费劲儿，考试成绩四分较少，三分居多，有时还要补考方能及格。教理化的老师责怪我说："你把学语文的劲儿匀一点给我行不行？"我只能尴尬地苦笑，其实我也不想偏科，但不知为什么数理化的成绩就是上不去，临近考高中前我更忐忑不安，担心九年的心血会付诸东流。幸运的是，1962年，我顺利地考入五莲一中的高中班。

五莲一中，位于五莲县城的洪凝镇，是一所成立于新中国成立初期的

• 我站在母校五莲一中现在的校门口（摄于 2014 年）

全日制中学，1958 年开设高中班，到 1962 年为第五届，招两个班，百余名学生，我被分在五级一班。学业高了一级，学校离家的距离较初中时又远了二十里，其中近一半是崎岖不平的山路。吃的还是煎饼和咸菜。当时五莲一中的教师队伍相当过硬，有不少是国内名牌大学的毕业生，还有民国时期就执教的资深老师，他们无私地把知识传授给我们，同时也用人格的魅力影响着我们，让我们在"又红又专"的道路上快速成长。

1963 年初春开学不久，一场声势浩大的学习教育活动在五莲一中热火朝天地开展起来，那就是"向雷锋同志学习"。至今，我仍能清楚地记得：

雷锋，原名叫雷正兴，1940 年出生在湖南省望都县一个贫苦农民家庭，幼年因父母先后去世而成为孤儿，是新中国给了他幸福的童年。他把党和政府的恩情化成报恩和奋进的动力，从参加工作开始就抱定以国为家、视人民为父母的坚强信念，时时处处想着党的教导，随时随地为群众做好事。1962 年 8 月在辽宁抚顺某部队执行任务时牺牲，年仅 23 岁。雷锋的遗物、

日记、雷锋部队周边的群众和他战友们的回忆，诠释了雷锋的光彩人生，他的事迹和生命的闪光点迅速传遍长城内外、大江南北，被公认为时代的楷模、青年的偶像。毛泽东、刘少奇、周恩来、朱德、陈云、邓小平、董必武、彭真等党和国家领导人的题词刊登在各级报刊的显耀位置，我们从《人民日报》《解放军报》《中国青年报》和《雷锋日记》中认识和了解了雷锋，思想上受到极大的教育和启迪。我和周围的同学一样把雷锋作为镜子对照自己，既寻找共同点，又寻找不同点，既思考雷锋人生观的形成，又解剖自己的内心世界。雷锋虽然牺牲了，但他的理想、品德、崇高精神，时刻激励着我们。当时我们心里装着雷锋，嘴里唱着雷锋，困惑时想着雷锋，雷锋就是我们当年的偶像。我和周围同学一个个摩拳擦掌，纷纷向党团组织表示："一个雷锋倒下了，千万个雷锋在成长，我们要踏着雷锋的足迹前进！"我积极参加学雷锋活动，得到学校团组织和本班团员青年的好评，1964年我被选为本班的团支部书记。

- 陪王贵云老师游览山海关（恩师当年是五莲一中教导处主任，1992年外出考察途中来秦皇岛与我相见，时任五莲县政协主席）

在学雷锋深入进行的同时，高中时期还经历了另一个大的政治教育活动，那就是1964年开始的社会主义教育运动。当时我们不太了解运动的背景，但从毛主席的语录和有关讲话精神得知，毛主席倡导的阶级斗争、生产斗争和科学实践三大革命运动，是为了我们党和国家免除官僚主义，避免修正主义和教条主义的确实保证。如果搞不好"社教"，我们的思想就会跟不上形势，大是大非就可能分不清，甚至还会站不稳立场，被阶级敌人腐蚀侵袭、分化瓦解而变成修正主义苗子。我作为团干部，带头组织访贫问苦、请贫下中农做报告，组织团员青年参观阶级教育展览，参演阶级教育的戏剧节目，而且庄严地向党组织写了入党申请书，当时的誓言是：牢记阶级苦，不忘血泪仇，永远跟着党，做无产阶级革命事业的接班人。

高中毕业前夕，学校党组织一方面加强我们高考前的各项复习和模拟考试，另一方面又对我们进行"一颗红心，两种准备"的思想教育，让我们了解到山东寿光知青徐建春回乡务农成为第一个女拖拉机手；了解到天津宝坻回乡知青邢燕子回乡务农，组建"燕子突击队"，战天斗地开荒种田，建设新农村；也了解到董加耕、侯隽等一批回乡知青的先进事迹。他们中有的生活在城市，但放弃了优越的生活环境，遵循毛主席"农村是一个广阔的天地，在那里是可以大有作为的"教导，把自己的青春献给农村。我们本来就是农村出生和成长的青年学生，更没有理由逃避农村的贫穷落后，应该向邢燕子等先进典型学习，做好回乡务农的充分准备。我带领团员青年，纷纷向党团组织表决心、立誓言。"海枯石烂不变心，永远听党的话，永远跟党走，一颗红心两种准备。"

1965年夏天，当两辆解放牌敞篷卡车拉着五莲一中近百名高中毕业生到诸城师范参加高考时，我们清楚地知道，大学校门只能允许我们当中的少数人走进，另大部分人还要回乡参加农业生产。不管何去何从，我和我的同学们都有思想准备。大卡车在黄土公路上暴土扬长地跑着，这是我们土生土长的农村娃第一次坐上汽车出远门，去迎接孜孜书山行的最后一次考试。

## 晒晒煎饼帐　亮亮铁板脚

在历史悠久、物产丰富的山东半岛，自古就有不胜枚举的特色物产和名牌小吃，如烟台苹果、长清红杏、德州扒鸡、东阿阿胶、龙山小米、乐陵蜜枣、龙口粉丝……在诸多特色中，煎饼也像地域符号一样代表着山东。

煎饼的历史，在华夏大地可谓源远流长，有史料记载源于唐代，又有美食考古学者说源于南北朝，更有故事记载源于三国时代。然而，不管是晋、唐还是三国、南北朝，都与山东有着切割不断的关系，也可以说，是以山东为中心而传颂的。

有史料显示，煎饼是出生于古代山东琅琊郡的诸葛亮发明的。诸葛亮辅佐刘备之初，因兵少将寡，常被曹军追杀。有一次被困在沂河、沭河一带，因锅灶尽失，将士饥饿难忍、死伤甚多。诸葛亮急中生智，决定用士兵手里的铜锣、金属盾牌为饭锅，底下加火，上面倒上用水和玉米面搅拌成的糊浆，煎出又香又脆的薄饼，将士们吃了煎饼士气大振，杀出重围，脱离险境。

山西运城（三国名将关羽的故乡）一带有"煎饼成全诸葛亮，却害关羽走麦城"的说法。传说三国时代的赤壁大战之前，蜀吴欲联合抗曹，诸葛亮到东吴，孙权设宴款待，大都督周瑜作陪。席间，为显示东吴的物博和强威，孙权面前摆有大江南北的名菜佳肴。孙权会意地望望诸葛亮，意思是说：你喜欢什么菜？诸葛亮让随从拿出煎饼，将孙权准备的南北大菜卷而食之。周瑜大惊，问诸葛亮："先生欲席卷天下乎？"诸葛亮答曰："江东独存。"孙权大喜，也取煎饼卷菜而食，并与诸葛亮哈哈大笑。蜀吴结盟，赤壁一战，大败曹军。赤壁之后，天下一分为三。东吴因刘备借荆州不还而恼火，派谋士诸葛瑾前去讨要。诸葛亮不想正面得罪东吴，于是修书一封于关羽，并派人陪诸葛瑾去荆州见关羽。关羽见到军师的书信一封，又收到军师特意托陪同人员带来的煎饼和粳米粥反复思衬，终于读懂诸葛亮"兼并荆州，不还东吴"的用意，遂冷面逐回诸葛瑾。荆州归西蜀，东吴迁怒于关羽，致使后来关羽败走麦城，被东吴名将吕蒙所杀。

另有史料记载，煎饼最早见于南北朝时期，到唐朝，煎饼仍是稀罕的食品。传说，唐朝末年黄巢起义到山东泰安驻扎时，周边百姓为迎接义军送煎饼以示支持。到明代，煎饼已成为山东美食享誉全国，其中鲁东南的沂蒙煎饼、鲁西南的滕州煎饼及鲁中的博山煎饼最为出名。

至清代，山东煎饼已非常普遍，并大量传播到华北、东北一带，衍生出多种原料、多种做法的煎饼，如东北煎饼、天津煎饼、河北煎饼等。煎饼的制作方法也走进名人的诗书之中。清代著名文学家蒲松龄曾专为煎饼作赋，生动形象地介绍了煎饼的制作过程。"溲含米豆，磨如胶饧，扒须两歧之势，鏊为鼎足之形，掬瓦盆之一勺，经火烙而傍，乃急手而左旋，如磨上之蚁行，黄白忽变，斯须而成，'卒律葛答'，乘此热铛，一翻手而覆手，作十百于俄顷，圆于望月，大如铜铮，薄似剡溪之纸，色如黄鹤之翎，此煎饼之定制也。若易之以筱屑，则如秋练之辉腾，杂之蜀黍，如西山日落返照而霞蒸……或拭鹅脂或假豚膏，三五重迭，炙烤成焦，味松稣而爽口，香四散而远飘……"

历史的车轮驶入近现代，山东煎饼为中国革命和建设功名盖世。解放战争时期，山东乡亲为支援淮海战役和解放军南下，他们推着独轮车、背着大煎饼，夜以继日地随部队推辎重前进，为解放全中国做出了重大贡献。著名的孟良崮战役，是在山东人的家门口打响的，家乡的父老乡亲把自家的门板卸下来扛去当担架，腰里背着煎饼去支援前线、抢救伤员。粟裕将军在其回忆录《真正的铜墙铁壁》一文中曾写道："华中野战军进入山东后驻扎的临沂地区的人民群众，在天寒地冻的严冬季节，给部队以热烈的欢迎和无微不至的亲切关怀照顾，那种深情厚谊、鱼水之情，使全体指战

• 摘自粟裕将军的回忆录《真正的铜墙铁壁》

员感到无比的温暖。临沂地区的人民，宁肯自己吃糠、吃地瓜叶，甚至以树皮、野菜充饥，也要把用小麦、玉米、小米、高粱做的煎饼送给部队……山东人民在战争中组成浩浩荡荡的支前大军，车轮滚滚，担架如林，前送

粮弹，后运伤员，竭尽全力地支援人民子弟兵。"当年的华东野战军司令员陈毅元帅也曾深情地说："淮海战役的胜利是山东人民用小车推出来的。"

近百年前，或是由于天灾，或是出于人祸，迫使成千上万的山东人汇入"闯关东"的移民潮，在那"千里山海关，万里辽阳戍""前牵复后曳，一跌不复举""十日卖一儿，五日卖一妇"（郑板桥"逃荒行"诗句）的悲惨跋涉中，先辈们除了乞讨充饥外，能延续他们生命的就是自带家乡的煎饼。我的大伯曾是那移民潮中的一员，他背着煎饼走了近两个月，在当时辽西省新民县停下了脚步。新中国成立后回山东探亲时，谈起逃荒的艰辛，谈起煎饼救了他的命时竟呜呜大哭。

我生在旧社会、长在红旗下，新中国让穷苦人民的孩子得到上学机会，但当时学校太少，多数孩子从小学就要带着干粮到邻近的大村上学。20世纪50年代的五莲县只有五所中学，1958年以前读高中要跑到百里之外的诸城县上学……在漫长的求学路上，95%以上的学生要与煎饼为伴，是煎饼饱我肠胃、养我肌肤，是煎饼支撑我们一批批学生完成了学业，实现了自己的理想。

我是同龄学子中跑的路最长、吃的煎饼最多，被周围乡亲戏称"铁脚板"和"煎饼客"的人。晒晒我的煎饼帐，算算我的"长征"路，不难发现，我真是一个名副其实的煎饼客，同时又是一个响当当的铁板脚。

由于我家住在牛栏旺，离宣王沟村小学有三里路，一、二年级时我跟二叔一起跑着上学。到三年级时，二叔辍学回家，我自己只好带饭上学，每天都是母亲用毛巾大小的包袱为我包上两个煎饼，里面夹着香椿咸菜或是一棵葱。读五、六年级时，要到距家十二里路的贺家店子高级小学，早出晚归，中午要带两三张煎饼，就着学校茶炉的热水吃煎饼，一吃就是两年。除去寒暑假和星期天，每年按270天计算，四年的煎饼最少要3000张。上下学跑的路，小学每天来回6里、高小每天来回24里，六年徒步至少17000里。初中三年，是在1959年新建的松柏林中学读书，距家20多里，夏天炎热，干粮容易发霉，每周回家两次，冬季每周往返一次，由于当年正是自然灾害严重的三年，多数同学吃不到煎饼，有的带野菜团子，有的带糠饼子，家近的同学只带一罐面菜糊。我的父母为供我上学，绞尽脑汁为我做煎饼，但质量比高小时差了很多，因为放了谷糠或花生皮磨成的粉，往热水里一泡，煎饼就碎成一碗糊糊，吃后大便干结，蹲半天也解不下，有时急得哭起来。班里不少同学因生活所迫而辍学。我算是幸运儿，咬牙挺过了三年灾荒。住校三年，每天平均 8 张煎饼，8 张 ×270 天 × 3 年 =6480 张。初中阶段来回跑路的艰辛又是苦不堪言。高小时虽然每天要跑 20 多里路，但因为有一群小伙伴，蹦着跳着，你追我赶，十多里路没到累时就走完了。但到初中三年，20 多里山路我独来独往，夏季每周回家两次，冬季每周回家一次，三年间至少来回跑 150 次，每次按 40 里计算是 6000 里。我曾自作小诗回忆这一段：穿破的鞋子一双双，脚上的茧子硬邦邦，夏天光脚山上行，冬季单鞋雪中蹚。有人称我"煎饼客"，有人赞我"铁脚掌"。男儿有泪肚里装，不以愁容对爹娘。苦其筋骨心里明，勤学苦读为理想。

　　1962 年秋，我理想地考入五莲一中高中部。五莲县的高中是从大跃进的 1958 年开设的，头三届只招一个班，从第四届每年招两个班，即便如此，全县每年只有 100 名左右学生得到高中深造的机会，也只有这百名学子中的佼佼者有可能步入大专院校的校门。我是 1962 年度的百分之一名。高中三年，仍是煎饼伴我读书，早餐两张、午餐四张、晚餐三张，日复一日，三年一贯。随着年龄的增长，身体需要的营养也在增加，一日三餐的煎饼生活使不少同学营养不良，肚子里的馋虫搞得我们闻到荤腥味就流口水。我们班近 50 名同学中只有三四名干部子女从学校食堂买饭吃，当他们端着饭菜走进教室时，馒头的面香味儿和炒菜的肉香味馋得我们流口水，煎饼族子弟只能默默地把口水往肚子里咽。高中三年，我又吃掉 7000 多张煎饼，其中还发生终生难忘的险情：那是 1964 年冬天，我带着母亲为我包好的煎饼返回学校，按每天九张的计划吃了一周后，发现剩余的煎饼垛儿明显不够一周的量，仔细一数，竟少了三天的饭。我蒙了，怎么办？只能把三天的煎饼分成六天吃。我早二、中三、晚二，还是熬不到周六，我只好向最要好的两个同学各借了几张，勉强到了周六，可天有不测风云，周五开始下大雪，周六上午虽然停了，但平地二十多厘米厚，沟沟洼洼的地方有四五十厘米。同方向只有四五个同学和我结伴一起走了20多里路，他们都先后到家了，还有15里山路只我孤身一人，而且这段路正是最难走的被称为"三瞪眼"的地方。天色已经昏暗，面对大雪封山的这段路，我心里发怵，只能凭着记忆，深一脚浅一脚地踏雪爬行，约20分钟爬上了"一瞪眼"。"二瞪眼"比"一瞪眼"路程短，但弯多坡陡，沟坎里的雪没到大腿根，无法正常行走，我只好劈下一根树枝当拐棍，有几个雪深没腰的地方必须用两手扒雪开道，两只手冻麻了，身上的衣服冻在一起僵硬得很，每前进一步都很费力，但心里只有一个念头："回家！坚持就是胜利！""二瞪眼"终于走完了。抬头望望最陡的"三瞪眼"，全身开始哆嗦起来，肚子饿得一点劲儿也没有了，面对天黑路难，牙齿咯咯地打着寒战，只有脑子还清醒，心里明白：在这无人相救、无人能助的雪山里，自己的生命只能依靠自己，如果坚持不住倒在雪地里，只能是死路一条再也爬不起来。想到这个可怕的结果，一种求生的欲望支撑着，尽管上气不接下气，但还是硬挺着一步一步爬到了山顶。当我跟跟跄跄站在山顶时，天已经完全黑了，当时多么渴望能遇上一个人！因为离家只有六七里路了，邻村的人若发现我，一定会帮助我。无情的现实是，身边只有呼啸的山风把飞雪吹打在我的脸上，只有冰冷的寒风把棉裤冻得硬邦邦的难以行走。幸好山梁上雪较薄，多数地方露出地面，我拖着两条不听使唤的腿坚持到了最后。当夜幕中望见自家的草房时，再也控制不住了，情不自禁地放声哭着喊娘。家里的大黄狗听到我的声音，一边叫着，一边从雪地里猛蹿着朝我跑来，一见到我就扑上来，两个前爪趴在我胸前，伸着舌头舔我的脸，我麻木的脸上还能感觉到大黄狗的舌头给我送来丝丝温暖。大黄狗是我当年的伙伴，每周回校时，它都把我送出十多里路。这次两周没见了，一听到我的声息，它就撒欢地跑来迎接我。狗叫声惊动了家人，父亲首先从家里出来，望见我回来了，提着一把铁锨来迎我，他也顾不得铲雪，急匆匆地蹚着雪往我身边跑。

父亲把我扶回家，见到了母亲，我一面哭一面诉委屈："你把煎饼数错了，少了三天的量。"父亲听后骂母亲"迷糊虫""不识数"，母亲则内疚万分，一直重复着"该死的，我这个该死的"。因为棉裤和鞋袜都冻在一起脱不下来，我只好穿着鞋上了炕。躺在烫人的热炕头上，借着煤油灯光，我看见腿上开始冒热气，看着看着，不知不觉就睡着了……高中的三年往返，一次80多里，每年按45周计算，三年间行路10800里，凭着铁板脚我又完成了一次万里征程。

古语说：读万卷书，行万里路。我从小学到中学十二年，读的书虽不足万卷，但跑的路超过34800里，吃的煎饼有16500多张。"煎饼客"和"铁板脚"两个绰号，囊括了十多年的辛酸苦辣，也展现了一个出身贫寒、骨子里带有不畏苦难基因的血性男儿的自强之心。

离开山东，告别了靠煎饼度日的学生生活，但我心中仍眷恋着煎饼，在异地他乡，只要看见煎饼，特别是山东煎饼，就有一种说不出的亲近感，与他人聊天提及煎饼，顿觉兴致盎然。有一年和一位酷爱文学的朋友一起聊天时，他问我说："你这么喜欢煎饼，知道煎饼卷大葱的来历吗？"我说："我从小就喜欢吃煎饼，也爱听煎饼的故事，不知你讲的是哪个版本？"朋友笑着说："那我也不怕你笑话，煎饼卷大葱的起源是这样的：很早很早以前，在你们山东沂蒙地区的一个地方，有姓梁的书生爱上了一位姓黄的姑娘，因为梁家的家境不太好，黄姑娘的后妈不同意把闺女嫁给穷书生，于是她就想出一个馊主意，她假装请梁书生到家里玩，实则把书生关进黑屋，派人把守，不许书生和黄姑娘来往，企图以此逼迫他断绝与女儿的交往。聪明伶俐的黄姑娘看透继母的用心，她不急不闹，而是去亲戚家做了几十张像纸一样的薄饼，叠成书本一样大小，然后又洗了一把大葱，去叶留白用线绳捆成一捆儿，分别用布包好，托人给梁书生送去，看门人问带的是什么东西时，回答说是给书生送的书和笔，让他好好看书思过。看门人信以为真，便把东西给了书生。书生打开一看，就知道是黄妹子的才智，他煎饼卷着大葱，逍遥自在地过了几天。黄姑娘的继母三五天后看书生时大吃一惊,心想可能是天意,不敢再迫害梁书生,并支持他勤苦读书。后来梁书生学业有成,娶黄姑娘为妻,结成美好姻缘。煎饼卷大葱的吃法由此世代传承。"听完朋友的故事我高兴地说:"这个传说非常好,好像是梁祝新传一样。"朋友一本正经地说:"绝非我个人杜撰,是从书上看来的。"我说:"希望这个传说是真的。我也有一个煎饼的传说挺美的,想听不?"朋友乐得急不可待。我说:"也在很久很久以前,我们山东蒙山县有个望海楼村,住着一对恩爱夫妻,男的叫田壮,女的叫巧珍,男耕女织,日子舒心。田壮在劳动之余,读书识字,成了当地的文化人。逢年过节,或红白喜事,总有人请田壮写春联、写文书,甚至写状子。当地有一个恶霸叫王洪三,因田壮写的状子吃过亏,找碴把田壮抓进山间土牢,并让下人对巧珍说:'你男人爱咬文嚼字,和我家老爷作对,这次就让他靠咬文嚼字活着,饿他七七四十九天,看他还写不'巧珍面对恶霸,无能为力,三天三夜绞尽脑汁想办法,正在巧珍一筹莫展、昏昏欲睡之际,看见蒙山仙姑和她说话,仙姑说:'咬文嚼字需要笔和纸,你就给你男人送纸和笔,就可救他,'并把绝招传给巧珍。聪明的巧珍在烧热的石板上用玉米和面摊出一张张乳白色像纸一样的薄饼,叠成书状,用包袱包好。又把一把大葱切去青叶,根部毛须用黑豆汁蘸黑,捆在一个纸包里。土牢守门人听说是写字用的纸和笔,也没细查就让巧珍进去了。多少天后,当田壮出牢时,精神倍足,满面红光。为感谢仙人纸笔施救之恩,田壮发奋读书,考取状元。巧珍的石板煎饼也一传十、十传百,成为当地妇女争相学习的厨艺,后来又将石板换成铁鏊子。煎饼在沂蒙又叫状元饼,巧珍被誉为'煎饼奶奶'。"朋友眯着双眼听我吟完,笑着对我说:"什么时候跟你去山东吃煎饼听故事去。"虽然我没有带朋友到山东吃煎饼,但我许多年春节前后都给几位朋友送山东煎饼,那是老家每年春节前给我寄来的,家里人知道我爱吃煎饼,几十年寄煎饼,从未间断。我把寄来的煎饼除了分送朋友品尝以外,像宝贝一样放进冰柜里,隔一段时间就炖一锅羊骨汤,或炒几个素青菜,拿出一摞煎饼,全家人或卷菜咬着吃,或用羊汤泡着吃,爱人和女儿、儿子也逐渐适应和喜欢上山东煎饼。

　　晒完煎饼帐，亮了铁板脚，特别是讲了煎饼的故事，心中感慨万端：当年生活条件那么艰苦，是什么精神支持我一路"闯关斩将"完成了学业？我没有"仙姑"指招，也没有"黄姑娘"支持，靠的是长辈们的谆谆教导和老师们热情的鼓励，靠的是我的感恩情怀和执着性格。我从小受孔孟之道的传统教育，在忠厚、善良、勤劳、淳朴的家风中长大。一家人吃饭时，要先给老人盛，家里买来好吃的先让老人尝鲜，见了长辈要问候，长辈呼喊要回声，爹娘吩咐的事不仅言听，更要恭行……晚辈尊敬长辈，孩子孝顺父母，我从幼儿时就循着这些规矩，成为一个听话的乖孩子。父母送我上学，我就一心一意上学，绝不迟到和旷课，父母给我带什么饭从不挑肥拣瘦，让我穿什么衣服从未噘嘴鼓腮。因为我知道，父母给我吃的、穿的都是家里最好的，父母对我说的、让我做的都是好话好事，我作为孩子，必须尊敬长辈、感恩父母。到了中学时代，特别是高中阶段学雷锋和"社会主义教育运动"，我又逐渐认识到，作为一个忠孝的孩子，既要感恩父母，又要感恩伟大的中国共产党和社会主义新中国。没有中国共产党就没有穷苦人的翻身解放，没有社会主义新中国就没有我上学深造的机会。这种感恩的思想，正是我当年克服种种困难、坚持上学的主要动力。第二就是执着的性格。小时候观察我的长辈们，好像都有一种倔脾气。说话倔，做事也有一股"认准的事干到底，不撞南墙不回头"的倔劲儿。抗日战争和解放战争年间，先辈们认定共产党，铁心跟着党打鬼子、打老蒋，有受伤的、有残废的，但无怨无悔。新中国成立后，共产党号召走合作化道路，先辈们坚决拥护，从互助组到初级社，从初级社到高级社，直至人民公社，从未打过折扣。我的生命里也有这股倔强的基因，所以从小就很执着。生活再苦再累不辍学，知识再深再难不退却。我小时候并不算聪明伶俐，嘴比较拙，手也比较笨，小学时候曾N次被调皮的同学欺负过。记忆最深的一次是在迟家庄上三年级时，一位蔫坏的同学看我是从山沟里去插班念书但成绩比他好时，就设法欺负我，他在手掌上放了一撮土，走到我跟前说：

"我敢在这土上吐唾沫,你敢吗?"我当时毫不示弱,出口就说:"这有什么不敢的!"他说:"你敢?那你来。"他把手伸到我胸前,我正吐唾沫快滴到土上时,他突然把手掌拍到我的嘴上,霎时,我的嘴上、鼻孔周围沾满了沙土,他却在一边笑个不停。我冲上去打他,又被他用脚绊倒在地,幸好有人拉架了事。我暗下决心,从学习上和他较劲儿。结果,他耍小聪明不用心学习,连高小都没有考上。

我以执着、勤奋弥补拙笨,以忠孝、笃行赢得时空的考验,在求学路上,一次次成为佼佼者,又一步步走进更高的学堂。

煎饼和我结下了不解之缘,我永远忘不了山东,也忘不了煎饼。

# 喜得大学榜 辗转进京城

　　1965年夏季高考后的每一天，我焦急地盼着高考结果的到来，心里也有些忐忑，好像有块石头堵在心口。虽然高考前曾明确表态"一颗红心，两种准备"，但内心还是希望考上大学继续深造。

　　这一天终于等到了，那是8月中旬一个凉爽的夜晚，我在宣王沟村参加文艺节目的排练后，没有回牛栏旺的家，而是在儿时的伙伴李为相家留宿，刚躺下不一会儿，就听见时任宣王沟村党支部委员、牛栏旺生产小队长的宝平大叔到李为相家院子里喊："贵堂，贵堂是在这里睡了吗？"我应话后，大叔说："刚才县里来电话了，说你考上大学了，明天上午到一中取通知去。"听到这消息，我高兴极了，首先想到的是："十有八九要到北京上大学了，如果当真，我很快就能见着毛主席和天安门了，那是多么幸福啊。"由于处于兴奋状态，浑身不停地出汗，想睡也睡不着。身边的伙伴睡熟了，一会儿嘟嘟囔囔说梦话，而我却盘算着录取通知书和上大学的事儿。就这样翻来覆去地躺了一夜，第二天天未亮，我悄悄起身穿好衣服，一路小跑回到牛栏旺家中。母亲为我做了点早饭，又包好午饭的煎饼，我狼吞虎咽吃完饭，拿起煎饼就往学校跑，40多里路仅两个半小时就到了。教导处的陈老师把国际关系学院的录取通知书交给我，并满面笑容地夸奖我、祝贺我，她说："咱一中今年考得不错，第一批通知书中就有七名同学考上了北京的大学，你的通知书是第一份收到的。你们都是咱一中的骄傲！"因为我们从未出过远门，学校建议我们七名同学结伙，同一天到高密火车站集合，一块儿坐火车到北京。

到北京上大学的喜讯很快传开了，九仙山里七八个村都在议论宣王沟的牛栏旺出了个"状元"，要到北京上大学，真是不得了。有的对我父亲说："你儿子出息了，你也熬出来了，你以后就是老太爷，吃香、喝辣的了。"也有不少亲朋好友到我家"送礼"以表祝贺。

离开家的那天早上，牛栏旺几十口人全集中在我家院子里，四奶奶哭得像泪人一样，拉着我的手不舍得松开，几个婶子也是泪眼婆娑地围着我。母亲当时正为我小妹妹"坐月子"，躺在屋里没有出来送我。我用力控制着情绪不想哭，想和母亲告个别，但紧闭的嘴怎么也憋不住，还是哭着说了一句："娘，我要走了。"我没听到母亲的回答。后来听家人说，母亲当时哭得一塌糊涂，因此也得了一场大病差点丧命。父亲用一根钩担挑着我的行李，一头是铺盖卷，一头是几件要穿的衣服，还有《铁道游击队》《新儿女英雄传》《红旗谱》等我喜欢的书。我跟在父亲后面，一边走一边哭。父亲好像也流了泪，走出两里路后，父亲一边走一边对我说："不要哭了，咱们上了这么多年学，不就是盼着今天吗？应该高兴才是。爹娘也舍不得你，但为了你的前程，说什么也不能拉你的后腿。北京是大地方，吃的用的肯定比家里好，现在你的任务就是好好学习，将来为国家出力。"父亲的这些话，一字一句都铭刻在我心里。我和父亲步行了40多里路，中午时分到达县城洪凝汽车站。当汽车启动时，我的心又突然剧烈地跳动，特别是看到车窗外40多岁就满脸皱纹的父亲，我的泪水像断了线的珠子一样往下流，心里只有一句话："亲爱的爹娘，儿子18岁了，就要离开你们了，儿子永远忘不了你们，也忘不了生我养我的这个地方。"

  从五莲到高密，当年的公路是又窄又高低不平，颠颠簸簸五个小时才到高密火车站。我顾不上拍打身上的土，提着行李就往火车站的方向跑，为的是尽快找到其他几位进京的伙伴，因为我们预约乘坐从青岛开往北京的直达快车，列车时刻表上写着39次，当晚九点多抵达高密。利用等车的时间，我们几位伙伴轮流值班照看行李，其他人都在火车站周围看光景，我则和另一位同学扒着候车室的窗户栏杆观看来往的火车。当时令我纳闷的是：我明知一列列火车从高密站经过，但一直没有看到火车的轮子。书上画的、看电影看到的火车都有成排的大车轮，为什么现在看到的火车没有车轮？我小声问旁边的伙伴，他说他也一直纳闷儿，不知道火车为什么看不见车轮。我俩鼓足勇气向一位40多岁、戴着眼镜的长者请教，那位长者听后哈哈笑了起来，然后很认真地跟我们说："火车的轮子在车厢底下，从这里看不见，是被站台挡着，等会儿你们进去就看见了。"我俩互相瞅瞅，傻傻地笑了，但仍不明白"站台"是什么意思。

  当夜九点多钟，我们准时坐上了火车，车厢里满员，还有一些在车厢连接处的过道里站着或坐着的人。由于是第一次坐火车，也不敢往里面挤，只好学着别人的样子，把行李卷放在地上，人坐在行李卷上，一夜没合眼地坐到天亮。列车广播里说，省城济南到了，并说济南是大站，上下的人多，下车买东西的人要注意，不要耽误了时间。我们几位同学，谁也没有下车。只能跟着列车的轰鸣经德州、过沧州、到天津、进廊坊，一个个陌生的大地方，直到近中午时，列车上响起了"东方红"的乐曲声，广播员用响亮、明快的语调报告说"伟大的首都北京就要到了"，我们顿时精神起来，困得睁不开的眼皮也瞪得溜圆，通过列车两边的窗户一会儿看看这边，一会儿瞅瞅那边，兴奋地盼望着我们心中的圣地。

  列车停了，摩肩接踵的人流离开了火车，我们几个伙伴下车后站在站台上没有离开，因为我们没有看见录取通知书上所说的接待站，有位伙伴提议先吃饭再说，大家毫无异议，就地坐下各人吃各人带的干粮，有的干嚼煎饼，有的啃着梆硬的山东大饼，有的则品尝着母亲为儿子烙的白面饼。六个同学（王仲春同学是干部子弟，其父亲为他单独买票送到北京）没有一口水喝，狼吞虎咽地在火车站站台上吃了进京的第一顿饭。

约半个小时过去了，我们几个仍坐在站台上发愣，因为两面都是铁轨，另两面也未见出口。"这火车站的出口究竟在啥地方？"六个小"乡下佬"你看我，我看你，谁也不知道从哪里出站。幸好有一位提着小铁锤的铁路巡检员顺着铁轨朝我们方向走来，我急切地打招呼说："师傅，我们是从山东来的，不知从哪里出站。"那师傅说："你们坐哪趟车来的？"我说："是坐青岛到北京的那个火车。"那师傅惊讶地说："哎呀，是从青岛来的，都一个小时了，你们还没出站？"我说："我们找不着出站的门口。"师傅笑着说："你们顺着这里一直往前走，就会看见地道口，下地道，再找出站口。""我的娘，出站还要下地道！"我们几个异口同声感到惊奇。我们按师傅的指点顺站台走了约几十米，果真发现了出站的地道口，顺利地沿着地道里的提示到了火车站大门。

火车站站前广场上人山人海，许多彩旗随风飘扬，北京石油学院、北京铁道学院、北京地质学院……我的伙伴各自奔向他们的校旗，只有我一人左右环视好几遍，也没发现国际关系学院的校旗。被逼无奈，只好自己背着行李，按录取通知书上指示的"先乘11路无轨电车到动物园"。我一连打听了几个人，终于找到了11路无轨电车的始发站并挤上了车。上车不久有一位大个子青年发现我的行李签后，就主动靠过来问我："这是你的行李吗？"我说："是，我是到国际关系学院上学的，今天刚到北京。"说话间旁边又过来一位女的，也是个大个子，她对我说："你跟我们走吧，我们就是来接你的，等了半天也没见你出站，我们就要回去了。"我忙说："谢谢，谢谢，我们下车后吃了点饭，耽误时间了。"就这样，在师兄师姐的关照下，一颗战战兢兢的心终于平静了。当电车从天安门广场南面经过时，师姐指着一侧的车窗对我说："那边就是天安门。"我急忙弯下腰往外看，首先见到的是很大很宽阔的天安门广场和熙熙攘攘的人群，远处的天安门城楼并不像我想象中那么高大，但我还是两眼紧盯着，一直到看不见才转过身来，心中充满着骄傲和自豪。

到了动物园汽车站，师兄师姐帮我提着行李换乘另一路公共汽车直到终点颐和园站，在颐和园大门口旁边，我看到了学校的新生接待站，有两张桌子，桌子上放着热水暖瓶和喝水用的碗。他们问我渴不渴，我违心地说不渴（其实渴得要命，因为近二十小时滴水未沾），因为急切地盼着快到学校，我坚持说不渴。又有几位师兄过来，用一辆小排子车推着我和另外几位新生的行李到了我的新家——国际关系学院。那位师姐为我买来饭菜，送到宿舍的床边，我心中十分感动，匆忙吃了饭后就倒在了床上。因为疲劳过度，又因为第一次坐火车有点晕，一坐下就觉得天旋地转，吃下的饭在肚子里也不稳当，有往上顶的感觉，所以，我只得躺下了。躺下感觉好一些，但仍是晕晕乎乎，整个宿舍好像在旋转，但我心里想：不管怎么难受我也不怕了，我已经平安到了北京，我憧憬的大学生活就要开始了。

## 温馨新生活 甜蜜一年级

我的大学母校，坐落在北京西郊坡上村，与中共中央党校连檐接瓦，与颐和园近在咫尺，是一个幽静安谧的地方。母校的前身叫外交学院分院，只招收青年干部进行培训择优录用，1963年开始招应届高中毕业生，取名国际关系学院，由时任国务院副总理兼外交部部长陈毅元帅题写校名。据说母校以往的神秘引起许多外国外交使团特别的关注，逼得性情刚直、一言九鼎的陈毅元帅说："不用你们如此费心，干脆我们就公开挂牌，和苏联一样，叫国际关系学院。"1965年，我作为国际关系学院的第三届新生，步入这所不足千人的袖珍大学。

母校给了我温馨的新生活，从入校第一天就感同身受。那天在我进京乘坐的公交车上，一位师兄和一位师姐发现我的行囊上有国际关系学院的标签便主动靠近我，问明情况后热情地帮我提行李、买换车的车票。到学校后，师兄把我送到宿舍，师姐到食堂为我买饭，当我安静下来后，师兄告诉我，洗漱的水房在哪里，便所在哪里，打开水怎么走，特别细心地和我说，并嘱咐我以后有困难找他们去。后来我得知，他们是英语64届的付善增和张克侠。以后每次相遇我都主动跟他们打招呼，师兄师姐也热情关心我的学习和生活，让我一入校门就感受了温意亲情。

入校不久，日西系召开学生大会，会前各班互相拉歌，有的唱"毛主席的战士最听党的话"，有的唱"打靶归来"，有的唱"学习雷锋好榜样"。轮到我们班唱歌时，作为团支部宣传委员的我站起来指挥大家唱，我首先起头："没有共产党——预备唱"，歌唱得很齐也很响亮，赢来热烈的掌声，我心里很高兴。可是散会后政治指导员王海志老师找我，在肯定我工作成绩的同时，指出我领歌中的问题，他说："'没有共产党就没有新中国'这样的歌，起头不能只唱前半句，这样的细节不能不注意。如果有人说这是错误，你不能不承认。今后一定要注意。"听完老师的教诲，我心里热

• 6515班同学在厢红旗小山上作秀（摄于1966年）右第一个是我

乎乎的，老师的批评全是一种爱意，那么起头领唱说明自己政治上的不成熟，

•6516班冬游颐和园留影（摄于1965年，右第一个是我，因患眼疾（针眼），所以戴了一副墨镜遮丑）

在"阶级斗争天天讲"的年代，在培养外交人才的学府，我们就应该从细节注意、以高标准要求，自觉养成严谨的工作作风。

母校当年只有三个不同语种的系，英语系、法德系和日西系，我被分到日西系的日语专业四班。出于对日本帝国主义的憎恨，我们部分同学不愿意学日本话，有的有情绪，有的发牢骚。日西系党总支副书记、主抓学生思想政治工作的孙副主任找我谈话。她是一位40多岁、面带慈祥的女老师。她说："听说你们日语班有些同学对分配语种有看法，你是团干部，咱们一边散步一边谈谈心吧。"我是从农村出来的学生，虽然读了十多年书，懂得一些人情事理，但从未慢悠悠地散过步，更不知和一位女性散步

要保持一种什么姿态和速度，所以我羞涩地和老师说："老师，我不会散步，咱们找个坐的地方坐下说可以吗？"孙老师笑着对我说："啊呀，你李贵堂还挺封建，你不会的东西还很多，今后都要学，连散步都不会，让你和女同学跳舞你会怎么样？你们以后还要学很多你不了解、不适应的东西，这也是将来工作的需要……"孙老师像一位母亲教育孩子一样，态度诚恳、语气和蔼，让我从内心尊敬她。当我把不喜欢学日语的思想向她汇报后，她表情严肃，但语气仍很平缓地说，"日本民族和我们中华民族一样，也是很好的民族，日本人民同中国人民一样，也是勤劳勇敢、热爱和平的。日本侵略中国，是一小撮军国主义分子发动的，我们要把账记在一小撮军国主义分子的头上，对广大日本人民，我们要相信他们，和他们交朋友，争取他们和我们一起反对日本军国主义。国家挑选你们进大学，学什么、干什么，要服从祖国需要……"听了孙主任的话，我很受教育，从内心敬仰老师的思想境界，同时也从内心爱戴这所教育和培养我们的学校。

新生入校后要接受两三个月的入学教育，时任院长于苇曾给我们做报告，报告中反复强调三句话：我们学校是党的学校；我们学校是培养为国际阶级斗争服务的干部学校；我们学校是培养无名英雄的学校。当时我纳闷儿，哪所大学不是党的学校？哪所大学不为阶级斗争服务？又有哪所大学公开说要培养"成名成家"的人？随着教育的深入，我逐渐了解了母校的历史，了解了它的性质、任务，同时也开始懂得了院长报告的真谛。作为受党教育培养十多年、怀有理想和抱负的青年学子，无不为步入这样一所大学而感到骄傲和自豪。

当年的大学生，家庭经济条件普遍不好，我们6516班一共有十六名同学，家庭经济状况比较好的干部子女有四人，分别是北京的臧兴远、沈阳的金小林、辽阳的孙永清、长春的郝长文。工农子弟有十二名，其中黑龙江有岳彦、孔宪荣，吉林有王树春、王淑琴、修文复、程文礼，辽宁有卞崇道、佟德坤，上海有徐银宝，河北有罗振兴，河南有牛同高，山东有我一人。其他班级的经济状况也大致如此。所以，国家拿出大笔钱来资助我

们工农子弟读大学。入学不久，学校布置各班评定助学金，我在申请表上

•6516班同学在八达岭长城角下（后排右起第一个是我）

如实填写了家庭人口及经济来源，提出了申请助学金的个人意见，系里很快就批了回来。我发现凡是家在农村，父母都是农民的几乎都享受一等助学金，每月19.50元，其中15元是伙食费，发给我们当月的餐券，另有4.50元的现金。19.50元钱，现在看来微不足道，但在20世纪60年代可不算少，特别对我们农村出身的学生来说，真是个天文数字。我十分珍惜当年的每一分钱。肥皂、牙膏省着用，零食一点也不吃，剩下来的钱集中起来添件

衣服或鞋子，还要提前筹措寒假回家的车票钱。虽然手中紧吧，但心里是甜甜的，每月都能有钱入手，感觉就像当了国家干部一样。

•6516班部分同学在天安门合影（左起第一人是我）

当年学校食堂的伙食相当好，对我来说就是天堂的日子，每天的主食是白面馒头和晶莹油亮的大米饭，副食是讲究的菜谱，京味的狮子头、米粉肉、酱排骨、溜三样、烧带鱼、炖燕鱼，配以新鲜时令的蔬菜，加上上级主管机关专拨的豆类食品，鱼肉俱全，营养全面。每班16名同学分两桌，每天早、中、晚都由两名值日生同学负责提前领饭，其他同学到时自觉地把饭券交给值日生，吃完后各自洗刷自己的碗筷，值日生负责洗刷学校的饭盆、菜盆、汤桶。洗碗池子的墙上贴着"节约光荣、浪费可耻"的标语，有时针对个别同学的浪费现象，还会出现"忘记过去就意味着背叛"的警示语，甚至还有引用小学时代读过的"锄禾日当午，汗滴禾下土，谁知盘中餐，粒粒皆辛苦"的古诗来教诲我们这些大孩子的大字报。总之，当年的生活是甜蜜的，是无忧无虑的，同时当时的教育也是很细致、很严格的，谁要违反了纪律或道德公理，会招来众怒。

　　母校的课程安排比较宽松，与高中那种箭在弦上的感觉相比，确实轻松了许多，特别是一年级，主要是外语基础课。课堂上老师做完语法讲解和示范领读后，同学们自己朗读，然后是一个个地单独教练。每天清晨，坡上村校园里全是抱着外语教材的琅琅读书声。夕阳西下，万寿山后、青龙桥畔，国关学子们三三两两，自行结成外语学习伙伴，边散步边练习口语。半年左右，我们日语专业的同学能用日语进行简单的交流，让法德系的同学望尘莫及。老师则警告我们说："你们千万不能骄傲，日语是进门容易出门难，开始阶段见效比较快，但会越学越难。反之，西语系基础阶段比较长，一旦过关，人家会比你们轻松得多。"我班的老师是一位归国华侨，自小在日本京都长大，学生时代就心向祖国，1945年日本投降后，他曾担任过国民党政府赴日军事代表团的临时翻译。新中国成立后，他参加旅日华侨组织的活动，看到一批批华侨回大陆参加工作深受影响，决定放弃回台湾和家人团聚，选择来大陆参加社会主义建设。因为他是广东籍，普通话讲得不太好，所以有时还请教我们。在我们心里，他是一位可亲可敬的长辈。他经常把我们分成两组，一组扮演日本人，一组扮演中国人，宾主两方，有问有答，以此提高日语会话能力。有几次，他把日语课带到颐和园，让我们用日语介绍各景点的故事。所以，颐和园的排云殿、佛香阁、智慧海、石舫、铜牛、十七孔桥、龙王庙等都曾是我们练习日语的驻足之处，给我们留下了若干大学时代开心和浪漫的真情记忆。

　　大学第一年的节假日和星期天，我曾N次向老师借自行车在海淀区范围内熟悉北京。北京大学、清华大学、中国人民大学等著名学府是我骑自行车参观的，西面的香山、卧佛寺也是骑自行车游览的。有次我向临班一位家在北京的女同学借自行车去三里河玩，女同学是位高干子女，天生丽质、

• 在人民英雄纪念碑前留影（摄于1969年，右起后排第一人是我）

活泼可爱，与我们工农子弟相处甚好。可惜她身体有些弱，她说借车可以，但她也想去，让我用自行车带着她。我犹豫了一下，因为我的骑车技术不高，后架上带东西行，坐人不太牢靠，何况从学校到三里河有20多里路。但面对一位女同学的主动提出，又是车主，我没有拒绝。当年北京的海淀区大部分地方都是郊区，马路上人车不太多，我带着女同学一路顺风，玩得也很好，不巧的是在回校途中突遇大雨，把我俩浇成了落汤鸡。我建议避避雨再走，可女同学被雨浇后显得更有兴致，所以我们继续冒雨前进。当我

们回到学校门前的小桥边时，因雨水淹没了土路，自行车被石头垫了一下，车翻人倒，我急忙回头看同学，见她仰面坐在雨水中，我急忙过去拉她，看见她的头发被雨水浇得紧紧地贴在脸上，眼睛被雨水浇成一条缝，她不但没生气，反而咯咯地笑，一口整齐白净的牙齿在笑声中显得格外显眼。我不好意思地反复道歉，她起来用拳头轻轻地触我胸前，笑着说："没事儿，挺好玩的。"因为有了这次雨中的"患难之交"，我俩变得熟悉起来，每次碰面都热情打招呼，有时还驻足聊几分钟，她成为我大学一年级时印象最好的女生。

在北京读大学还有更引为自豪的事，那就是能亲身参加一些重大迎宾活动和天安门广场的庆祝活动。比如外国元首访问北京，我们有可能被派去长安街或下榻宾馆夹道欢迎，每年的"五一"和"十一"等节日，我们要去天安门广场参加庆祝游行和联欢晚会。1965年10月1日，是我第一次参加北京的国庆游行。此前一个多月，根据北京市和高教部的统一安排，我们学校被分配100名学生参加庆祝游行，从九月初开始在本院训练，九月下旬又和北京农业大学、北京大学的同学集中训练，50人一列，步步都按统一尺度整排前进。每次训练两小时左右，个个汗流浃背，但人人都精神饱满，意气昂扬，因为都期盼着十月一日能见到毛主席。

十月一日凌晨四点钟，我们按统一着装要求，穿上白衬衣、蓝裤子和白色运动鞋，乘坐学校的大轿车到了故宫东侧的南池子胡同，在指定位置待命。学校为同学们备了早餐，在马路上站着5分钟内吃完。南池子胡同从北到南，全是准备参加庆祝游行的队伍。从五点多钟一直等到八点多才传来口令，游行队伍开始前进，从南池子出来就是东长安街，队伍要变成50人一列的方队，踏着进行曲的节奏，向天安门广场行进。天安门广场上人山人海，金水桥边也是欢声雀跃，中间留出的是我们游行队伍通过的方砖路。队伍接近天安门广场时，传来"起步走"的号令，我们昂头挺胸，按训练的标准步伐，准备接受国家领导人的检阅。队伍走到天安门前时变为正步进行，按号令把手中的花环举过头顶，面部偏向右侧，双目仰望天安门，嘴里按节奏连续高呼"毛主席，万岁"。我瞪大眼睛从天安门城楼上满满的检阅者中寻找毛主席，但前后左右的花环总挡住视线，只能模糊地看到毛主席的形体，看不清眉目表情，但又不能停下来看，队伍很快就走过去了。结束游行后，我们都很兴奋，兴奋之余又有不少同学跺着脚抱怨，抱怨花环挡了视线，抱怨队伍走得太快，没能清楚地看到毛主席。当天晚上，我又参加了天安门前的狂欢活动，和男男女女的同学拉着手跳集体舞，有时也串到临近队伍中去观赏不同的节目。绚丽多彩的焰火和从东西两面射发的探照灯光把天安门广场的夜空装扮得令人陶醉，我沉浸在快乐的海洋里，感到无比的温馨和甜蜜。

我们6516班，是一个团结向上的集体，在团支部和班委会的具体负责下，院党委和团委布置的各项工作，我们都踊跃参加，争创一流。我们班的男同学组成了篮球队，以孙永清和臧兴远为主，坚持日常训练，大个子孔宪荣、郝长文、拼抢王岳彦、技巧高手王树春，是我班球队的第一阵营，牛同高、修文复和我是第二阵营的成员，经常参加训练和打替补。每周都有正式的比赛，在日西系名列前茅。

除了体育项目外，我们班的文艺细胞也很浓。记得最大场面的演出是在密云水库的工地上。全北京几十所大专院校的学生，集体参加修建密云水库劳动。期间为活跃气氛、鼓舞士气，各院校都要表演文艺节目。日西系领导安排我们班演节目，我们就创作了一个"三句半"的节目，最后的半句让我说。我对文艺演出并不陌生，高中时代曾演过古装戏《柜中缘》、阶级教育戏《三世仇》等，也爱在演出中搞点滑稽幽默，所以我没推辞就欣然同意。结果，凭着我们四人的默契配合和我浓重的、侉得出奇的胶东口音，赢得了热烈的掌声。为此，我又高兴、又羞愧，而且羞愧大于高兴。因为我上了十多年学，也没有学好普通话，张嘴还是浓重的家乡口音。当时在夸我的同学中，有一位和我很熟的女同学，笑着对我说："你真把我乐死了。你那口山东话侉得要掉渣了。"当时，我不认为她是在夸我，而是在讥笑我不会说普通话。我的自尊心和虚荣心致使我以后再也没敢登过文艺舞台，普通话依然说不好。

  回想 6516 班一年级的生活，至今仍觉得十分甜蜜，学校西边厢红旗一带的小山上，留下了我们班十几个同学数不清的脚印，颐和园昆明湖边，曾是我们常年游玩、戏耍的场所（因为学校为我们买了颐和园的门票，从"五一"到"十一"期间，可以凭票自由进出）；西郊的八大处和香山公园也是我们纵情奔跑和攀爬的抒情释怀之地。用毛主席"恰同学少年，风华正茂；书生意气，挥斥方遒"的词句来描述当年的我们，也是恰如其分。

# 难忘的回忆 铭心的教育

大学时代，我有幸多次离开北京，到外省市参观学习，每次都有很大的收获，其中让我触及灵魂、终生难忘的有两次，一次是到重庆参观红岩革命纪念馆和"中美合作所"的白公馆、渣滓洞。另一次是从长沙徒步去韶山瞻仰毛泽东主席旧居。

## （一）

1966年8月中旬，我和十多位志同道合的同学一起，乘坐从北京开往祖国大西南——四川的火车，开始了我人生第一次长途跋涉。冒着浓浓白烟的蒸汽机车首先奔驰在一望无垠的华北平原，窗外是满目的绿色。当过了一个夜间，翌日天亮再看窗外，已是另一番景象：丘陵连绵，颜色既灰既黄，人烟稀少，几乎看不到炊烟袅袅的村庄，一派黄土高原的别样风光。

当列车到达宝鸡火车站时，我忍耐不住内心的激动，挤着下了火车，

• 手捧红宝书（毛主席语录），站在校园的毛主席去安源油画前（右起孙永清、李贵堂、郝长文）

想在站台上一睹憧憬已久的宝鸡的尊容。因为在中学时代的许多课外读物中，曾无数次地看到宝鸡的名字。如从历史故事关于炎帝、黄帝的传说中得知，炎帝的发祥地就在宝鸡一带，他教民稼穑、创立农耕文化；又有西周姜太公（子牙）在宝鸡的渭水之滨直钩垂钓、韬光养晦。《三国演义》中"五丈原""明修栈道、暗度陈仓"也发生在宝鸡一带。李白、杜甫、贾岛、韦应物、陆游等文人墨客留下了难计其数的西域、陇上自然风光、风土人情的壮美诗句。所以，在我中学时代，就有一个愿望，若有机会，一定到宝鸡看一看。

站在宝鸡当年火车站的站台上，只看到几间陈旧的房子和几个年龄不大、穿着破旧的孩子，他们手里拿着一些小土特产品恳求下车的人买。当时我心想，可能是火车站离市区太远，所以看不见它的真实容貌。怀着失望的心情回到火车上，又开始了宝成线的铁路之行。山越来越多，也越来越高，火车在高山峻岭上速度缓慢地爬行，窗外陡峭的山坡上有一些硕大的标语口号，据介绍得知，那是中国人民解放军铁道兵修铁路时用白色石头铺成的豪言壮语，甚是蔚为壮观，让路过的人不由自主地崇敬那些最可爱的人。

连续几个昼夜的长途跋涉，终于抵达四川省会成都，在参观了大邑县刘文彩地主庄园阶级教育展览馆等有名的地方后，我们急不可待地赶往重庆参观红岩村革命纪念馆和"中美合作所"的白公馆和渣滓洞。

• 6516班部分同学刷大标语，庆祝"最高指示"发表（右第一人是我）

红岩村是抗日战争最艰难时期于1940年前后，设在重庆的中共中央南方局和共产党领导的国民革命军第 18 集团军在重庆的办事处，是中共代表周恩来、董必武、叶剑英、王若飞等共产党人在敌人心脏里与之巧妙斡旋、斗智斗勇、创建奇功的地方。1945 年 8 月，毛泽东同志赴重庆和蒋介石进行国共和平谈判时，曾住过红岩村。

参观了红岩村后，又赶往"中美合作所"，实地了解了这个国民党反动派和美帝国主义互相勾结、镇压中国革命的规模最大、行动最残忍的特务组织机构，亲耳聆听讲解员介绍国民党军统特务头子戴笠和美国特务梅勒斯互相勾结、狼狈为奸，利用"中美合作所"下属的"白公馆"和"渣滓洞"这两处人间地狱，无情地杀害了包括新四军军长叶挺、抗日爱国将领、西安事变发起人杨虎城、共产党重庆地区领导人罗世文、车耀先等 2000 多名共产党人和爱国人士。1949 年 11 月，重庆解放前夕，又有 300 多名革命志士在欢呼新中国成立，高呼"新中国万岁"的斗争中，被国民党反动派集体屠杀。歌乐山下，一批批共产党人高喊着："不要眼泪，不要人们的慰惜，记着啊——中国人还活着，这用血写的账簿，将是一块历史的丰碑！死，是永生。死，并不是战斗的熄灭。让他永不泯灭的忠魂，在青翠的歌乐山巅，仰望黎明！"（艾文宣烈士诗）又有一群群爱国志士，高吟叶挺将军的《囚歌》："为人进出的门紧锁着，为狗爬出的洞敞开着，一个声音高叫着：爬出来吧，给你自由！我渴望自由，但我深深地知道——人的身躯怎能从狗洞里爬出！我希望有一天，地下的烈火，将我和这活棺材一起烧掉，我应该在烈火与热血中得到永生！"还是这些革命先烈，他们面对国民党反动派的利诱、威胁是那么镇静，异口同声地吟诵着陈然烈士的自白书："任脚下响着沉重的铁镣，任你把皮鞭举得高高，我不需要什么自由，哪怕胸口对着带血的刺刀！人不能低下高贵的头，只有怕死鬼才祈求'自由'，毒刑拷打算得了什么？死亡也无法叫我开口！面对死亡我敞口大笑，让魔鬼的宫殿在笑声中动摇。这就是我——一个共产党员的自白，高唱凯歌埋葬蒋家王朝……"讲解员的讲解声声如滴血，我们的心也跟着剧烈地颤动，眼里的泪水一次次涌出，仿佛亲眼看见那些英烈们用自己的鲜血一滴滴、一片片染红了鲜艳的五星红旗。

美丽的山城重庆，当时没给我留下自然美景的记忆，但红岩村和"白公馆""渣滓洞"却给我留下了终生难忘的烙印。即使是50年后的今天，那些牢房，那些刑具，那些用钢铁炼铸成的共产党人的高大形象，仍在我心中难以忘却，他们的名字和诗歌仍激励着我不忘过去，永远前行。重庆参观后，我们一行十多位同学都深受教育，一致同意继续寻找革命先辈的足迹。于是我们又到贵州省的遵义等革命纪念地，参观了遵义会议会址等一些革命纪念馆，更深地懂得了"星星之火可以燎原"的革命真理，更多地了解了共产党领袖们的光辉业绩。

（二）

第一次外出参观经风雨、见世面、受锻炼，我们尝到了甜头，回学校休整不到一个月，同学们又组织第二次外出学习，目的地是赴湖南湘潭参观毛泽东主席旧居。

当年，成千上万的青年学生都争着去韶山，我们到长沙后，立即去当

• 6516班部分同学、老师与工宣队、军宣队驻班代表合影

地的接待站登记，但得到的答复是："三周之后才能排上乘车参观的号。"无奈，多数同学只好留在长沙到"岳麓书院""爱晚亭"和"橘子洲头"

•6516班部分同学参观北京十大建筑之一的民族文化宫留影（摄于1968年，左起李贵堂、徐银宝、孙永清、佟德坤、修文复、岳彦、郝长文）

等参观学习。而我则坚定不移地要去韶山。据了解，从长沙市到韶山，若从小路步行，一天可以赶到。我这个"铁板脚"对跑路不打怵，就动员另几个也是农村出来的同学结伴徒步去韶山。

翌日早上四点多钟，我们出发。沿着田间小路，不时地打开准备好的地图把握方向，只要遇到行人就打听去韶山的路。我们几个人一边跑路，

难忘的回忆 铭心的教育

• 步行串联中到周口店考察（摄于1969年，左起第二人是我）

一边观赏湖南绮丽的自然风光，特别是弯弯曲曲的小溪和水平如镜、清澈见底的水潭。我们顾不得停下来仔细观赏，只能一个劲地朝着"红太阳"升起的地方奔跑。中午时分停下来吃了点饭，吃饭时向过路的行人打听，距韶山还有30里路。听起来不远，但实际走起来，特别是对我们已经跑了多半天的青年学生来说，30里真是步步艰难。我算是走路的佼佼者，鼓励几位同学说："我们已经走了三分之二了，剩下30里天黑之前赶到不成问题。"可是，这30里路我们走到天黑却没有走完，在离韶山还有10里路的时候，已经是明月当空。虽然不再是田间小路，但我们实在走不动了，有两个同学脚上起的血泡破了，疼得寸步难行，我们只好躺在马路边上一次次地休息。最后的五六里路是一瘸一拐、连走带爬走完的，晚上九点钟左右到达韶山冲接

待站，每人喝了碗米粥就倒在地铺上睡着了。高兴的是第二天上午，我们到伟人旧居参观，见到了他童年生活的地方，留下了终生不会忘记的心中的照片。

因为当年我们都没有照相机，更没有其他音像设备。每到一地，只能是看在眼里，记在心里，有爱记日记的同学，会及时留下文字记录。我当时用在重庆买的笔记本，记下了伟人旧居的参观情况。

# 战备赴饶阳 分配到岛上

1970年初春，自然界的严冬即将过去，国际政治风云却是"高天滚滚寒流急"。

为了应对时局，我们学校被疏散到河北省饶阳县。对我院师生的处理，从河北省传来的分配方案是"在校学生和教职员，全部留在衡水就地分配"。消息传到衡水，激起全校师生极大的愤慨。学生和老师自发集中在一起，选派代表到河北省委上访，经省里研究，改为在河北省内分配。学生们仍不同意，再次上访，后经省委书记李雪峰批示，结果是：教职员留河北省内分配。学生在河北省内分配，确实不愿留河北的，允许回原籍分配。面对如此结果，师生员工都感到失望，变成饶阳县城一帮混天聊日的闲散人员，有的天天坐在饶阳县中学驻地的树荫下，观看河北梆子剧团排戏；有的天天在宿舍里海阔天空侃大山；有的无聊至极，用喝面条汤和小米粥比拼谁是"饭王"。我班的一位同学一直比拼到几乎休克，由两三位同学架着他在操场上"消食"。有的公开谈情说爱轧马路；有的天天到饶阳县城闲逛，搜集素材编搞笑节目,其中不知是哪位同学编出了"饶阳三大怪"歌词,配上南斯拉夫电影中的一段旋律,迅速传唱全校,几乎人人都会唱"我说饶阳有三怪,饶阳的风沙来得快,饶阳的小盐满街卖,饶阳杀猪用狗拽"。

•6516班全体同学毕业留影(摄于1970年)(前排右起王树春、金小林、孔宪荣、张秋老师、郝长文、修文复、程文礼、李贵堂,后排右起佟德坤、王淑琴、臧兴远、孙永清、卞崇道、牛同高、罗振兴、岳彦、徐银宝)

　　说起饶阳的"三怪",其实是我们一帮外来人的少见多怪。首先说第一怪——"饶阳的风沙来得快":饶阳县城在滹沱河畔,而滹沱河不像海河、潮白河、南运河那样水量丰富,特别在冬春季节几乎断水,河床上的沙土有风即起,加上冬春田野荒芜,土地裸露,一有阵风便卷起漫天土,若阵风连续吹来,田地里、河床上扬起沙尘,遮天蔽日。刚刚还是阳光普照,刹那间变得天昏地暗。对当地人来说,他们年复一年,司空见惯,他们的应对方法是男人用白毛巾包着头,女人用带颜色的头巾包着头,为的是不让风沙落到头发里。我们初到饶阳,对应对沙尘没有经验,光天化日下突然飞沙走石,我们觉得这种天气太怪了。

　　二怪——小盐满街卖:当年饶阳县城各主要街头有许多农民用布袋装着白色的东西摆摊叫卖,用舌头尝一尝很咸,当地人介绍说:献县、饶阳一带的许多地方有盐土,用水把土浸湿可以淋出盐,为区别和食用海盐的区别,当地人叫小盐。小盐可在天然的水塘边上围池晒水,水干后留下一层白色的盐。有些有能力的农民自建作坊用盐土制盐,基本方法是:垒一个高出地面的淋盐池,池底铺上细密的隔离物,池中放入盐土并压实,在盐土上放水,水将盐土中的盐溶解后随水漏到池底下的水槽里,然后将水槽中的水取出用锅烧干或靠太阳晒干就淋出可以食用的小盐。当年农村老百姓没有进钱的门路,许多人就靠淋小盐赚点零用钱。当地人认为很平常,但我们从未见过,可谓少见多怪了。

再说"杀猪用狗拽":当年我们二百多名等待毕业分配的学生被圈在

• 大学毕业分配到秦皇岛的国关四人,右起李贵堂、金鑫、许金生、符庆才(摄于1970年)

一个县城的中学里憋得要死，经常利用自由外出的时间无方向、无目的地绕县城逛，我们发现县城边有个屠宰场挺好奇，无意中发现了第三怪。屠宰场有个很大的猪圈，天天都有从当地购进的成年猪，进圈以前都用剪子在猪身上剪出编号，赶入猪圈待杀。可能是怕猪多咬人，他们培训了一条大狗，让狗进猪圈去拽猪。大狗很彪悍，它按照主人的指点，四平八稳地进圈，咬住主人指点的猪的耳朵往外拽，被拽的猪并不反抗，乖乖地从猪群里跟"狗哥哥"走，其他的猪好似主动让出一条通道。猪一出圈就被等在圈门外的几个人撂倒捆绑，用手推车推到屠宰车间。这种奇怪的拽猪方法就被编入"饶阳三怪"。

在饶阳决定毕业分配去向时，绝大多数同学表示服从分配，特别是当时已经恋爱成双的同学做出了极大的牺牲，他们说："我们已经婚定终身，到什么地方都行。把好地方留给你们这些光棍吧。"他们大多数去了河北最边远、生活条件最苦的围场、丰宁、康保、张北等县，而我们这些光棍

- 与我一起在拨道洼大队"接受再教育"的四人，右起杨淑玲（河北医学院）、邵友华（复旦大学）、张玉兰（河北北京师范学院）

有的回了原籍，有的则分在石家庄、保定、唐山等条件较好的地方。当时我的女朋友在辽宁盘锦的解放军农场劳动锻炼，所以我申请到离东北近点的地方，时任日西系军宣队的负责人是一名家在济南的部队干部，他告知我说学校照顾，决定让我到秦皇岛。不少东北籍同学眼馋地说："我们父母在东北都没有去秦皇岛，你女朋友在东北却能到秦皇岛，哥们团圆去吧，东北又多了一个姑爷。"我感谢我的母校，也感谢那些患难中舍己为人的同学，因为在那个时代，分居两地的情侣想调到一起谈何容易？！牛郎织女式的婚姻更是件痛苦的事，当年通信不发达，打长途电话要到邮电局去办手续，家庭固定电话根本没有，更没手机之类的通信工具，恋爱只能鸿雁传书，一个家信来回至少要半月二十天的时间。

与秦皇岛的相知相识，当年是缘于毛泽东的《浪淘沙·北戴河》，毛主席那"大雨落幽燕、白浪滔天、秦皇岛外打鱼船"的优美词句吸引着热爱诗词歌赋的我。在我心目中，秦皇岛是一个美丽的海岛，是一个非常浪漫的地方，是一个粮满囤、鱼满舱的富庶之乡。

在从衡水开往秦皇岛的火车上，我和另三名东北籍被分到秦皇岛的同学许金生、金鑫、符庆才谈笑风生：我们终于大学毕业了，终于离开饶阳县了，终于要拿工资自食其力了。颠簸了近十个小时，火车抵达秦皇岛站，我们拎着行李下了车。车外正下大雨，车站上连个避雨的地方都没有，我们四人冒雨出站跑到站东一家饭馆避雨。小饭馆里挤满了人，一个个也是破衣噜苏，绝不是我想象中的富庶。吃饭要凭粮票，还要排队等待。突然听到有人吵架。注意察看，原来是一位50多岁的老年人和另一位在他身后排队的年轻人，老年人说他丢了半斤粮票，怀疑是他后边的年轻人偷走了，年轻人不承认，斥责老头儿乱咬人。老年人便破口大骂："就是你偷的！你小子不是好东西。"年轻人也不示弱，两人就脸红脖子粗地干起来。我在一边听着看着，第一印象就是：这里的人怎么也这样？！

我们也在小饭馆吃了碗面条。雨小了，路上全是泥，在火车站通往市委招待处的道上也是坑坑洼洼，我们深一脚浅一脚地跋涉在泥水中，好不容易到了接待我们的市委招待处。

秦皇岛市相关部门没有立即决定我们的去向。他们说，要等当年到秦皇岛的大学生全部到齐后统一安排。我们先来的一帮学生就利用闲暇时间到街上溜达，熟悉我们的第二故乡。当时秦皇岛主城区最好最高的建筑物要数国际海员俱乐部，其次是我们下榻的市委招待处，一座普通的三层楼房。其余几乎全是破旧的平房，破旧平房中值得观赏的是海滨路和开滦路的几处洋房，据说是英国人、日本人修建和居住的。当时海港区内只有一路公共汽车，因为从东到西，从南到北，步行用不了半小时，骑自行车30分钟就能绕城一圈。市内道路上用不着交警指挥，"一个城市一个口，一个口上一个猴"，就是当时流行的顺口溜，所谓一个口是指铁路高道桥口，一个猴儿指的是在高道桥口每天有一个值勤的警察。市区的朝阳街、海阳路算是主要街道，三四米宽，被群众形象地比喻为"一根扁担打两头"。当我们问"市区有多大"时，有的夸张地说："要问秦皇岛有多大，一只公鸡打鸣，全城都能听到，半夜谁家孩子哭，能惊醒一条街。"有些老年人告诉我们："秦皇岛原来就是个渔村，外国人在这里建了码头有了港务局。比利时人在这里建了玻璃厂有了耀华村。"当我们打听有啥好玩的地方时，他们告诉说："有名的地方要去山海关，那里有'天下第一关'。要想看风景可以去北戴河，那里有外国人建的小洋楼。"在等待分配去向的一周时间里，我们吃住在市委招待处，白天漫步在街上了解秦皇岛，晚上在招待处待着，因为当年没有电视看。我喜欢看篮球赛，白天逛街发现招待处对面的灯光球场有职工篮球赛的广告，我就约了几个同学去看球。当时秦皇岛没有大体育场，但有一些大的厂企，如山海关铁路段、秦皇岛耀华玻璃厂、山海关桥梁厂、秦皇岛港务局都有职工俱乐部，也有自己的篮球队，他们经常利用招待处对面的露天球场进行比赛，我成为那个球场的球迷，每天晚上只要灯一亮，就一定去看，从此认识了秦皇岛当年的篮球强队，如玻璃纤维厂、轻机厂、山海关船厂、耐火厂等工人球队，他们和铁路、港务局、耀华篮球队水平相近，比拼起来很好看。

• 在拨道洼插队锻炼的部分五七战士留影（摄于 1970 年，后排右起第二人是我，左起第三位长者是五七连长雷天才。）

好景不长。我们在市委招待处住了不到十天，就得到了分配的确切消息，当年分配到秦皇岛的大学生一共有一百多人，根据上峰的指示，全部遵照毛主席的指示"到农村接受贫下中农再教育"，表现好的一年后正式分派工作，表现不好的继续在农村锻炼。工资从九月开始发放，大专生每月 39.5 元，本科生每月 46.5 元。我们国际关系学院的四名同学全部分到北戴河区，同到北戴河区的还有其他大学的 16 名毕业生，我们被零星分配到蔡各庄、大薄荷寨、北戴河、崔各庄、拨道洼等十几个农村。我被派到拨道洼公社的拨道洼村，同去的有上海复旦大学、河北北京师范学院、河北医学院三名同学，我被指定为班长。到拨道洼后才知道，这里是北戴河区"五七战士"的连部所在地，连长是一位陕北红军，姓雷，近 50 岁，长得瘦瘦的、黑黑的，真像吃过苦、受过罪的样子。他文化水平不高，但人品非常好，里里外外散发着正气。他具体负责我们"接受再教育"大学生的管理工作，包括伙食、工资、思想教育、人员安排等。

拨道洼的村民对我们几位大学生非常欢迎，让我们辅导他们学毛主席著作，教唱革命歌曲，每天上工前的"天天读"都由我们当主角。在生产劳动中又非常关照我们。我的生产队长杨秉伦大叔对我说："你们都是上边派来的，不是永久牌，干个一年半载还得回去，可不能累坏了。"但我在生产劳动中，和生产队的社员一起干，从秋天的砍高粱、刨茬子、翻白薯到翌春的送粪、耕地、播种及耪地锄草，样样学着干，天天累得腰酸背疼，天天还是咬牙坚持，期间曾得过两次病。我的劳动表现受到了拨道洼贫下中农的好评，他们把我的表现反映给村党支部，村又反映给区里，区里又把我作为大学生劳动锻炼的典型报到市里。市里让我在全市"接受再教育"大学生经验交流会上典型发言，介绍自己在拨道洼村锻炼成长的心得体会，1971年5月，我又参加了唐山地区活学活用毛泽东思想经验交流会。我用虚心接受贫下中农再教育，积极宣传毛泽东思想和生产劳动中不怕脏、不怕累，轻伤不下火线、带病坚持劳动的实际表现赢得了党组织的认可。1971年夏天，我和中国人民大学新闻系毕业的一位郑姓同学被区委抽调到北戴河区委工业部做宣传报道工作，每天骑自行车活跃在辖区的厂企发现典型，为先进典型总结材料，北戴河区的各个村庄和主要厂企都有我们留下的足迹。在北戴河区协助工作期间，我利用假日和星期天，到莲蓬山的山前山后游览并观海听涛，到老虎石礁石上观赏海水的潮起潮落，到鸽子窝鹰角亭领悟毛泽东《浪淘沙·北戴河》的诗情画意，到海水浴场体验北戴河的沙软潮平……北戴河海滨给我留下了深刻的印象。据说，北戴河海滨作为避暑胜地是西洋人先发现和开发的。从20世纪20年代开始，先后有20多个国家的洋人，包括商人、传教士、高级司员等在此修建别墅。清末民国时期，中国的有钱人也在此购地建房，消暑纳凉。据新中国建国初期统计，当时就有洋房700多处。新中国成立后，经过国家的清理和改造，形成近170多家休、疗养院，供全国各行各业的退休干部、荣誉军人、

○ 煎饼客的脚步

沧海横流
8.31. 北戴河海滨1970

• 我第一次到北戴河海滨游玩"任凭风吹浪打"（摄于1970年）

战备赴饶阳　分配到岛上

工农劳模等在此休养疗伤和学习。当时我曾到全国煤矿工人疗养院、全国石油工人疗养院和铁路工人疗养院参观过,对在那里疗养的功勋人物十分崇敬。除此之外,在海滨的西山和东山,还建有中央机关、中央军委和国务院及外交人员的休、疗养院所。新中国的第一代领导人毛泽东、刘少奇、朱德、周恩来等自 1954 年开始就到北戴河海滨休息和办公。国家的许多会议或会见外宾也在这里进行。当地的老百姓为此感到自豪和骄傲。当我在草厂村、刘庄村同村民闲聊,问他们见没见过中央领导人时,不少群众争

• 在北戴河与郑晓天(左一)、郭善平(左二)、张国兴(右一)在老虎石合影(摄于 1971 年)

先恐后地说"我 1954 年就见过毛主席",有的说"我 1960 年见过毛主席",有的说"1958 年刘少奇还到我们海滨公社和我们一块干农活"……说起见到领袖时那股高兴劲儿,我都为他们引以自豪,因为我已经生活在这片土地上,北戴河很可能就是我的第二故乡,我也会像他们一样,在每年的暑期都能见到党和国家领导人。

# 翻译有苦乐 大使在民间

1971年11月初,在秦皇岛劳动锻炼的大学生农村劳动已一年多,上级组织恪守承诺,通知我们到"市委组织组"报到,具体分配工作。和我一对一谈话的是一位军代表,首先问我对分配工作个人有什么想法。军代表很客气,所以我也实话实说,我说我是学外语的,希望能到用外语的单位工作,比如海关或边防检查站。军代表说:"边检是部队系列,去不了,海关今年不要人,而且海关的人事关系不在秦皇岛市。"我说:"那就服从组织分配吧。"军代表说:"对你的工作分配,组织上进行了慎重研究,决定派你到公安部门工作,今年进市公安的只你一个人,具体干什么,你去公安报到后就知道了。"

我对公安当时只有理性认识,知道公安机关是无产阶级专政的刀把子,任何地方都不可缺少这个巩固人民民主专政的工具。简短谈话后,我就被领到港口保卫组报到，正式踏入仕途。一年以后，根据工作需要，我又被调派到秦皇岛国际海员俱乐部工作。

秦皇岛国际海员俱乐部是当时全市唯一一处供外国人和国际海员休闲娱乐的场所，其中有高档餐厅、电影院、图书室、台球室，有专供外国人购物的工艺美术品商店和日用品商店，还有住宿客房和理发室，也有兑换钱币和电信电报服务处等。楼内设备一流，装饰富丽堂皇，据说不少建材是北京人民大会堂建成后的剩余材料。大楼正厅显眼处悬挂着郭沫若书写的"海员之家"匾额。海员俱乐部的工作隶属全国总工会国际部领导，服务对象主要是来秦皇岛港口外籍船舶的国际海员。我在这里结识了英、日、俄、西班牙、希腊语种的十几位翻译同行，我们以外语为工具，为来自世界五大洲的海员朋友服务，主要工作：一是宣传党的方针政策、介绍中国革命与建设的"大好形势"，增进与各国海员朋友的友谊，建立"反帝反修"的国际统一战线。二是主动宣传秦皇岛，邀请他们参观游览山海关的"天下第一关"及市内对外开放的参观点，如耀华玻璃厂及耀华小学、市一中、市陶瓷厂、火柴厂、工艺美术厂等。北戴河海滨当时尚未对外开放，所以我们不主动介绍和宣传。根据各国海员的不同爱好，还要推介秦皇岛的名优菜肴和特色产品，让他们在海员俱乐部吃好玩好再买上称心如意的物品。国际海员俱乐部的宣传阵地有电影院、图书阅览室。外国海员可以免费观看戏剧电影，也可在图书室阅览中国国际书店发行的各种外文版的书刊杂志。我们各语种的翻译们每天晚上都要上班至十点，陪同各国海员在电影院观看电影、歌剧或文艺演出，也主动组织球类比赛活动，同他们一起打台球、乒乓球等。通过这些服务工作，增进相互了解，广交朋友，建立友谊。

翻译工作离不开外语，外语水平的高低决定着我们工作的成效。因此，对我和我的同行来说，外语就是我们的"硬功夫"。作为刚参加工作不久的大学生，当年我的日语水平较差，很长一段时间，我是跟老翻译学徒，业余时间自己熟悉业务，首先要把山海关及市内各对外开放点的解说词译成日语，做到熟练背诵。对海员俱乐部工艺美术品商店里主要商品的工艺特点及餐厅各种中华料理的名称及特色，这些使用最多、最需要掌握的要出口成章地用日语介绍出来，还要广泛学习涉及中日两国关系的政策。约三年后我才具备独立工作能力，但仍时不时地挨憋或闹出笑话。比如有一

• 穿西服戴眼镜的翻译时代（摄于山海关城墙上 1982 年）

次在日本船上，一位年岁较大的海员向我打听商店里卖不卖唱片，当时我不会唱片这个单词，又没好意思当面说不知道，只好约他当晚到海员俱乐部去帮他购买，我回来问了我的师傅。师傅较我大 20 多岁，小时候在东北日语"国高"毕业，并在日本企业做过工。他说，是不是想买雨衣（日语外来语中唱片和雨衣的发音非常接近）。于是当晚我带着日本人到雨具柜台时，他把头摇得像拨浪鼓一样，又重复着唱片的日语单词，并比画是圆形的，是旋转的。几位售货员都围过来听我俩交谈，我还是说不准他究竟想买什么，日本人甩袖而去，给我留的是尴尬和羞愧，我急忙跑到办公室，找出日语外来语辞典，按日本人的发音查找，终于断定他想买的东西是唱片【record】。当我下楼再找那位日本海员时，他没有理我，并用不知是感谢还是讽刺的口气说："给你添麻烦了。"这件事对我刺激很大。还有一次尴尬的事，大约在 1978 年的国庆前夕，国际海员俱乐部举行国庆招待会，

邀请当日在港的外籍船长和高级船员出席，市委市政府主管副书记和副市长作为主宾出席招待会，我被安排在市委副书记一桌，同桌的外籍客人是日本岩手县籍的一位船长，他的话带有很重的地方口音，听起来很别扭，有的地方根本听不懂。开始时，主宾比较客套，他尽力用日本的普通话和主人你一言我一语地交谈，翻译还不成问题。当频频举杯喝酒后，日本船长的话多起来，而且语速变快，我只觉得他嘴里像含着热饺子一样，发音含糊不清，多半的话听不准，但当时翻译们各有任务，不能求人救急，只好硬着头皮仔细听，并请他慢点说。主客双方好似都看出我的窘境，话也变少，主人一味示意客人多吃菜，日本船长反复说谢谢、谢谢。我心里像被火烧一样，想不到在国庆佳节给市领导当翻译，却遇到这么一位不讲标准日语的日本人。招待会结束后，我跑到办公室自我埋怨，骂自己不是当翻译的料，不如趁早改行。待冷静下来以后，又给自己打气，既然组织信任，平时工作也比较顺利，为什么遇到难事就打退堂鼓？思前想后，还是要一

• 与日本访华的部分客人在宴会中（1980年，前排左起第一个是我）

分为二地看待自己：世界上任何事物都是一分为二的，当一个翻译并不容易，顺利的时候要戒骄戒躁，不能趾高气扬；不顺利的时候也不要把自己看成一团漆黑，垂头丧气。要树立自信，"敢向虎山行"！之后，我采取"小本随身带，字典包里揣"的办法，听不懂的词当场记下来，或从包里拿出字典查寻，弥补了不少漏洞，不但不丢面子，反而让领导和外国朋友从不同的角度看到了我的真诚，有几位日本朋友还从日本给我买日语字典，主动介绍日本方言的特点和辨别方法，指出日本最难听懂的方言是鹿儿岛和岩手县两个地方，岩手县的方言很重，尤其对"丝""西""子""刺"等发音根本没有区别，同是日本人也难以听懂。还有日本海员送给我介绍日本方言的书，让我多掌握一些地道的日语和方言土语。在从事翻译工作的头十年里，我确实遇到不少坎坷，但留给我愉悦和开心的时刻更多。

1972年9月，冰冻百年的中日关系迎来了春天，以田中角荣、大平正芳和二阶堂进为核心的日本内阁终止了岸信介、佐藤荣作等反共反华内阁的施政方针，坚持日中友好，决定同中国恢复邦交。毛泽东、周恩来等中国领导人热情地欢迎、隆重地接待，开启了中日关系正常化的阳光之道，一衣带水的邻邦之间开始了多领域、全方位的交流和合作。

中日恢复邦交给日本海运也带来了生机，日本客货船纷纷开辟中国航线，进出秦皇岛港的日本船应接不暇，船上的海员主动与我们拉近乎，而我们也遵照全国总工会的要求，热情宣传中国，广交海员朋友，多做友好工作。记得那些年，我每天必读日文版的《北京周报》，及时了解对日政策，了解中日交流信息。书包里必有日文版《人民中国》杂志，一有空闲便拿出来翻阅，也经常和日本海员一起阅读。这些刊物对提高我的政策水平和了解中日友好的历史起到了很大的帮助作用。比如，当年我和日本海员交谈中，经常谈及日本的文化、佛教、建筑、书法、茶道、武术等，他们认为，日本的歌舞伎就是从中国的京剧演变的，日本的和服也是中国唐代服装的衍生物。日本名古屋、大阪等著名建筑物的特色来源于中国，有的还说，日本和中国是同宗同祖，日本人就是中国人的子孙，等等。对于这样一些洋溢友好氛围的话题，我用所学的知识分别予以佐证或诠释。记得当年我从书法的角度，把汉字的草书和日语五十音图的平假名相对照时，不少海员看得如痴如醉，他们真实地看到日语的平假名源于汉字的草书，日语中的片假名来自汉字的偏旁部首。日语至今适用的汉字，多数也保留了汉语的字意。从而使他们更加相信，中日两国有源远流长的文化交往史。

当谈及日本的宗教时，往往有不少日本海员很感兴趣，特别是受过高等教育，又信仰佛教的人主动提起鉴真，称他是日本律宗的创始人，是日本的佛祖。我从"人民中国"杂志上也读过介绍鉴真的文章，读后也深受感动，鉴真大师的生平至今仍印在我的脑子里：他是唐代著名的高僧。唐天宝元年，日本派"遣唐使"来中国，邀请大唐王朝派弘法大师去日本传布律宗，鉴真被日本遣唐使确定为弘法大师，并邀请其赴日佛法。天宝二年至天宝七年，鉴真一行先后五次乘船东渡日本均遭失败，而且最后一次被台风吹到了海南岛。从海南岛上岸后，历尽波折，徒步经广西、湖南多省返回江苏，日本遣唐使主官病死在途中，鉴真也因眼疾而双目失明。天宝十二年，66岁高龄的鉴真毅然两次东渡，终于抵达日本，受到日本天皇的接

• 陪日本朋友游览"天下第一关"留影（后排左起第一人是我）

见。鉴真及随行的文化人士、建筑工匠、艺术家，给日本带去了中国的宗教文化、中国的建筑技术及书法、中医药学等，日本国在古都奈良及周边城市修建了中国唐朝风格的殿堂寺院供鉴真弘法，最终圆寂于日本唐招提寺，享年76岁。日本海员听我介绍鉴真如此翔实，多数人都很吃惊，有的说："过去我们认为在共产主义的中国，你们不敢谈佛教，想不到你这么了解鉴真大师。"我说："唐朝是中国历史上一个重要的朝代，300多年的历史，创造了数不尽的中华文明，佛教是其中之一。你们可能都知道《西游记》的故事，那就是根据唐玄奘印度取经的历史创作的。"日本朋友一听说《西游记》，几乎会异口同声地说出孙悟空、猪八戒的名字，并热情地介绍《西游记》在日本的许多传播方式。

　　日本海员来秦皇岛，70%左右都希望去山海关参观万里长城，我和我的同事们每年去山海关百次以上，日本人登上第一关城楼，眺望从角山远去的起起伏伏、时隐时现的长城，都会询问长城的历史，都会感叹古代修建长城的艰难，我们就从公元前秦始皇修长城讲起，我们首先告知朋友，眼前见到的长城是距今600年前的明代修建的，但这里也确实留有秦始皇修长城的若干传说，如千年古祠孟姜女庙，就是传说"孟姜女哭长城"的地方。日本朋友会主动要求我们讲一讲，我们就像讲历史一样把孟姜女及哭长城的传说讲给日本朋友听：远在2000年前的战国时期，秦始皇先后打败了六国，为了防止外来的入侵，秦始皇要把燕国、韩国等北方诸侯原先修建的长城连接起来，形成一条万里之长的秦长城。为此，秦始皇残酷地征招全国18岁以上的男儿充当修筑长城的劳工，其中有一位河南籍的青年叫范喜良，他和新婚之妻孟姜女成亲不久，就被抓劳工到北方修长城。因为他是一名书生，没干过重活，经不住繁重劳动的折磨，不到一年就死在山海关长城脚下。孟姜女在家盼范郎，年复一年不见人归，决心千里寻夫来到山海关，经挨门挨户的打听，终于从一位河南籍老乡口里得知范喜良的信息，老乡说他也是被抓来当劳工的，当时在长城的工地当伙夫，认识范喜良，但时间不长范喜良就累死在工地上，被"填馅"在山海关东水关

• 与韩国友人游览孟姜女庙留影（1983年，前排右起第一人是我）

的城墙里。孟姜女闻讯号啕痛哭，三天三夜不停息，忽然轰隆一声，东水关的城墙倒塌，露出堆堆尸骨，孟姜女从中辨认出范郎的尸骨。孟姜女哭天喊地，每天在长城边为夫招魂。一女子哭塌长城的消息传到皇宫，秦始皇一听感到奇怪，下令要面见孟姜女。当秦始皇来到山海关见到孟姜女，询问何为孟姜女时，孟姜女说："我本来是一名葫芦娃，孟家种的籽，瓜秧爬到姜家院里结了葫芦，孟家姜家共同商定，把葫芦切开一家分一个瓢，可葫芦被锯开后，我来到世上。孟家姜家见我是有生命的女娃，共同抚养我长大，给我选定夫君范喜良。我们成婚不久，喜良君被你抓来修长城，是你害死了我的夫君。"秦始皇听罢，心中震惊，又见孟姜女年轻貌美，欲纳入宫中。孟姜女誓死不从，跑到山海关城东不远的海边礁石上，梳妆打扮后，面向山海关长城方向，和丈夫范喜良作别，然后纵身跃入大海。没过多久，百姓们发现海中长出一个坟状的大礁石，人们认定它是孟姜女的坟。为了纪念这位贞女，当地人在孟姜女跳海处修建了孟姜女庙，世世代代传颂至今。庙后有孟姜女的梳妆台、振衣亭，当年的礁石被称为望夫石。

听完孟姜女及其哭倒长城的传说后，不少日本朋友会提议去孟姜女庙参观，为此，我也陪同数不清的日本朋友到过孟姜女庙。孟姜女庙亦名贞女祠，使日本人最为感兴趣的是祠的楹联，上联是"海水朝朝朝朝朝朝朝落"，下联是"浮云长长长长长长长消"，许多朋友请求解释，当我把联句化为三段，并把字意解释为"海水朝（cháo），朝（zhāo）朝（zhāo）朝（cháo），朝（zhāo）朝（cháo）朝（zhāo）落，浮云长（zhǎng），长（cháng）长（cháng）长（zhǎng），长（cháng）长（zhǎng）长（cháng）消"后，日本朋友高兴得手舞足蹈，夸我博学，我说："真正博学和睿智的人不是我，是为中日友好做出巨大贡献的文学家、考古学家、诗人郭沫若先生，我是把郭先生对此联的解读介绍给朋友们，我也认为这个解读最准确。"其中也有一些了解郭沫若的日本海员朋友，他们说郭沫若曾在日本留过学，还娶过日本妻子。

• 与日本朋友在山海关城墙上（1980年，后排左起第一人是我）

在山海关东门城楼上，"天下第一关"的巨匾最引人注目，是我们翻译到山海关必须要回答的问题。日本朋友被这五个端庄饱满、遒劲有力的大字所折服，纷纷询问写匾的人是谁，我会假事真说地为他们介绍：天下第一关城楼是古城山海关的东门楼，是公元1381年明代中山王徐达镇守山海关时所建，取名临闾关镇东楼。由于它是明代万里长城东部的第一个关口，故称"天下第一关"。城楼上的匾额是山海关本地出身的明代进士萧显所写，他没有落款，是有意留给后人评说。据说萧显是一个很有才气，又有傲骨的文化人，考中进士以后曾为官30多年，老年落叶归根回到原籍山海关赋闲。期间，山海关城楼竣工要挂一个匾额，招募文人墨客书写。由于萧显在本地人缘好、名气大，又是朝廷命官，故推荐萧显题写。萧显为了显示自己的书法功力，故意把"天下第一关"的"下"字少写了一点。城楼正式挂匾之日，朝廷派来钦差亲自剪彩，当大红绸子布从匾上落下时，人们不禁大吃一惊，五个大字光彩夺目，只可惜"下"字少了一点。山海关的主事官惊恐不已，钦差怒斥其有欺君之罪，命他立即找书写者补上。混在人群中的萧显站出来说：天下之大，少"一点"不行，山海关主事官平日妄自尊大，欺压平民百姓，殊不知这些小不点的百姓是你的衣食父母，少了这"一点"，你一事无成。钦差听罢，觉得无可挑剔，主事官吓得合手作揖，一再求饶，并大声喊人把匾从城楼上卸下来让萧大人补点。萧显说："不必摘卸。派人把我的墨盒和棉布取来。"主事官不敢怠慢，立即派人去萧显家中取来墨盒和棉布。城楼上里三层外三层的观众围得水泄不通，都挤着看个究竟。萧显不慌不忙，把一块棉团放在墨盒里蘸足墨液，擦干手后又用一块干净的棉布包在墨团的外面，抬头一望城楼上的大匾，只听砰的一声，萧显甩上去的墨布团正打在T字的右中部，一个圆满无缺的下字与其他四字浑然一体。观众沸腾了，齐声叫好，钦差和主事官目瞪口呆，暗自叫绝。长一丈八、高四尺五的"天下第一关"大匾从此留给后人观赏。

　　随着外语水平的提高和专业知识的增长，工作带来的快乐不言而喻。博学出智慧，知识变力量。在近20年的翻译生涯中，我付出了不懈的努力，也得到了极大的满足。这种满足，也体现在用日语同日本人的辩论中。比如，当年也会遇到一些我们认为"不友好"的日本人，他们或是由于对中国的不了解，或是受西方宣传影响太深，或是出于某种政治目的，提出一些不友好的问题向我们"发难"，如"中国一夫一妻一孩不好，没有人性""毛泽东搞一党专政，人民没有自由，中国没有人权""中国不友好，区区钓鱼岛那么几个微不足道的地方，给日本又有何妨？""你们修万里长城是防御外来侵略，那是否可以说，现在长城以外的地方不是中国的领土？"等。对于类似问题，我和我的同事带着当年敏感的政治嗅觉，首先宣传我们国家的相关政策和原则，表明我们个人的立场，再批驳他们的错误观点，为此，经常引起争论。对方看到我们义正词严的认真劲儿，多数主动"认输"，但也有争得面红耳赤仍互不相让的情况，我们以外语为工具，从语言上、从气势上压制住对方的不友好气焰。

回忆往事，"弹指一挥间"。中日两国恢复邦交正常化已近50年，当年的复交功臣人物田中角荣、大平正芳已含笑九泉，毛泽东、周恩来驾鹤归去已40多年。先人们缔结的中日友好的纽带已把中日两国人民紧密地联系在一起。我从事中日民间友好工作近20年，接触到成千上万的日本人，也结交了数不清的日本朋友，我们互相传递两国人民热爱和平、反对战争的心声，互相筑实"一衣带水"邻国面向未来、共同发展的根基。我对日本人的总体印象是好的，许多点点滴滴汇总起来的感觉产生了许多由衷的敬意。比如，日本人的纪律观念比我们国人要好得多，也让欧美人逊色。当年我们各语种的翻译们经常在一起聊天，总有英文翻译会抱怨欧美、南亚人在参观游览中不守信用、毫无纪律观念，也有翻译批评韩国海员酗酒好色、爱抬杠爱打架，更有批评南亚菲律宾等国海员懒惰、无知等。但日本海员在参观游览中十分讲信用、守纪律，游览中我们规定几点几分在什么地方集合，95%以上的人会提前5~10分钟集聚在约定的地点，根本不用陪同翻译费口舌。再如日本人的爱清洁、讲卫生值得我们学习，日本海员外出，决不随地吐痰，即使感冒流鼻涕、咳痰，都咳到自带的纸巾里，然后找垃圾桶扔掉，如找不到垃圾箱，宁可再包一层纸巾装进自己兜里，也决不随地扔掉。有一年我参与接待并陪同日本富山市访华团，访华团成员中约 50% 是身着和服的女性，他们多数人手里都备有一个垃圾袋，专门捡我们工作人员和接待官员们随地扔的香烟头，走一处捡一处。我和他们聊天时表示赞赏，他们却淡淡地说："小时候父母和老师都是这么教育的，不足为奇。"再如，我陪同日本人到北京、沈阳、唐山等地参观或座谈，日本人接人待物的重礼仪、讲文明让我受益匪浅，见面先问好，该鞠躬的鞠躬，落座时也请主人先坐。座谈中喝水、吃水果都非常讲究，临别时必须要说些道别的客气话。相比我们一些接待官员坐没有坐姿、喝水喝出哨音、打喷嚏不掩面等粗陋习气要文明得多。当我和一些日本朋友交谈时，他们说："讲礼仪、守信用，这是我们从中国学的，中国孔子、孟子的语录和故事我们小时候就知道，就要求这么做。"可见，中国的古老文明没有国界，它让日本人受益，反而我们却丢弃了很多。1987 年，因工作需要，我离开了日语翻译岗位，但在很长一段时间里总是留恋着中日友好和日本朋友。我想，该如何总结这段既有苦又有乐，既开心又有意义的经历呢？想来想去，还是想起了中日友好协会原副会长兼秘书长孙平化当年给我们做报告时讲的，意思是说："你们不可能人人都当（国家的驻日）大使，但中日友好工作需要千千万万个民间大使，从某种意义上说，民间大使的工作比那个大使还重要。"我就是践行着前辈当年的教诲，在平凡的岗位上为中日友好大厦添砖加瓦，履行着民间大使的责任。所以，我可以自豪地总结为"翻译有苦乐、大使在民间"。

# 爱情纯似玉　家庭美如花

恋爱、婚姻、家庭，是人生经历中最纯真、最甜蜜、最浪漫的阶段，自古至今历代的文人墨客，记叙和创作了大量爱情故事，《西厢记》里的张生和崔莺莺、《白蛇传》里的许仙和白娘子、《红楼梦》里的贾宝玉和林黛玉，民间传说中的梁山伯和祝英台及戏剧舞台上的"霸王别姬""凤还巢"等，都为世人留下了美好的爱情佳话。爱情，像一个永恒的主题，叙说人世间的美满纯真，褒贬社会的善恶美丑。

我在中学时代没有谈过恋爱，尽管有心慕的女生。在读高二时，父亲认为我快毕业了，而且怕考不上大学以后找不着媳妇，曾偷偷和我说，让我答应一门亲事，女方是我亲戚家中的表妹，被我一口拒绝，不是表妹长得不好，而是我目睹周围一些早婚的同龄人，因陷于与媳妇（包括未婚妻）的亲情不能自拔，只好终止学业，成家生子。到北京读大学一年级时，曾和高中心仪的女同学通过信，但被政治指导员发觉开导了一顿，迫使我们停止了交往。1969年春天，面临毕业的男女同学开始择偶，我才看到有男女同学肩靠肩地在一起轧马路，看到热恋中形影不离、吃喝不分的师兄师姐，短短半年时间，近50%的同学都处于恋爱状态。我们6516班的三位女生也花各有主，十几个男生只好把目光投向外系、外班的女生。就在此时，丘比特的神箭也射向了我，日语64届一位师兄的女友、一位端庄、秀丽的英语系女同学找我"说个事儿"。准嫂相约，我猜出八九分，当即答应按约定时间到她的宿舍找她。见面后她说："我有一个中学时代特别好的朋友，人长得很好，家人也不错，也是学日语的，现在正在解放军盘锦部队农场劳动锻炼，她托我为她物色一位男朋友，我们想推荐你。"说着从她的抽屉里拿出一本影集，"我影集中有好多中学时候好朋友的照片，你自己翻着看，看看哪位长得最漂亮？"我当时有些不好意思，但还是按她说的，小心翼翼地翻开影集，一页页地看。当看到一位大眼睛、长辫子姑娘的照片时，我情不自禁地说："这位挺好看的。"准嫂乐呵呵地说："那就是她了。就是我想给你介绍的。"我不相信会有这么巧，真像《红楼梦》里贾宝玉说的"天上掉下个林妹妹"一样。准嫂说，"可能这就是缘分，如果没有问题的话，你把你的情况写一写给我，第一封信我给你寄，她来信会直接寄给你，接下来的交往就是你俩的事了。"我感谢准嫂的关照，答应第二天就把信写好交给她。

　　准嫂为我介绍的女友叫侯淑娟，家住沈阳市，长我两岁，原籍山东招远市，1968年毕业于大连日本语专科学校（现大连外国语大学），当时正在辽宁大洼县的一个解放军农场"接受再教育"。

　　北京到盘锦，只不过五六百里路，但当年的邮路却很漫长。从第一封信寄出之后，我天天盼着淑娟的回信，心里也七上八下地琢磨：是不是淑娟嫌我家是农村而不同意？是不是看到照片没有眼缘？就这样反复地想啊、等啊、盼啊，一直等到第十七天，终于收到了淑娟的来信。在信中，她坦诚地介绍了个人家庭及主要社会关系，特别对父亲1947年曾加入国民党一事，问会不会影响我的前途，如有影响，则不同意与我处朋友。信中可以明显地看出，淑娟在父亲的历史问题上背着思想包袱，一再说父亲当年为躲避国民党抓兵，托人办国民党员证件，做了一件糊涂事，既害了他自己，也影响了儿女们的升学就业。与此同时，她详细介绍了山东老家的社会关系，叔叔、舅舅中多人都是共产党员，都有光荣的革命履历，其中二舅是苏联亲自培养的中国共产党空军第一批飞行员，亲自驾机参加过辽沈战役，在攻打锦州战役中立过大功，新中国成立后一直在空军工作，当时在锦州空军航校当校长。三舅很小就参加了革命，在解放军部队给首长当通信员，后来当了干部，转业后一直在北京中央某保密机关工作。叔叔年轻时参加革命，参加过抗美援朝，回国后转业到山东青州商业部门当干部……读完淑娟的第一封信给我的印象：她是一个心地善良、胸怀磊落、胆大过人的人，我为结识她而高兴和自豪，因为她的条件比我优越得多，虽然父亲历史上有污点，但那是被国民党反动派逼得走投无路不得已而为，如当年父亲真被国民党抓了兵，家中妻子和三个幼小的孩子难以活命，作为一家之主的父亲又怎能眼睁睁看着妻离子散、家破人亡呢？我在回信中安慰淑娟说，出身不能选择，历史问题也要具体情况具体分析，不要有思想包袱，要相信党和组织。即使毕业分配进不了国家重要部门，我们可以一起到学校当老师，国家培养我们十几年不容易，一定有用我们的地方。就这样，一对陌生的男女青年开始了恋爱。我从淑

• 我和爱人在北戴河海滨（摄于1971年）

娟的来信中一次次看到她在大洼县接受再教育吃的苦受的罪，使我又感动又心疼。

辽宁大洼地处渤海湾中部，辽河三角洲腹地，由于地势低洼，被称为东北"南大荒"。茫茫沼泽地，长的是一眼望不到边的芦苇，苇塘里有小虾小蟹和蜇人的蚂蟥。很少的农用田，也因盐碱而收获无几。1968年，苦读十七年，毕业于黑龙江大学、辽宁大学、大连理工学院等大专院校的毕业生，作为年轻的劳动大军，来到这片沼泽地，在解放军的管理和教育下变荒滩为稻田。深秋十月的辽宁，水已冰凉，但一群群年轻学生在泥水中一镐一镐、一锹一锹地刨草翻地，排与排比着干，连与连互相挑战，不少女同学来了月经都不休息，仍在泥水里坚持劳动。淑娟本是城市里长大的学生，从未干过农活，更不用说泥水中有蜇人的蚂蟥随时会贴在小腿上吸血。几个月下来，好强的淑娟终于挺不住了，腿脚出现浮肿，小便失禁，乌黑的头发变黄，一梳头就有一缕缕头发缠在梳子上。解放军医生出具证

• 最早的家里最好的一角是这样（1976年）

明，建议不安排她重体力劳动，但要强的她还是流血流汗不流泪、掉皮掉肉不掉队。后来因病难以坚持，改到炊事班做炊事员，有时当帮厨，有时给下地劳动的战友送水，每天仍自我加压找活干。淑娟在家从未摸过扁担，更挑不动两桶水，但她不示弱，坚持挑两半桶。她说，从炊事班驻地到劳动的营地有二三里路，她挑上两半桶开水给战友们送，几次因走不稳田埂路而摔倒，水桶底朝天。她又气又恨，欲哭无泪。那些命运相通的战友心疼地说："不用你送水了，我们不渴。"她还在信中说过：有一次炊事班长让她为有病的一位同学做病号饭，当时的病号饭只是一碗挂面汤，里面加一个鸡蛋。淑娟上灶时间不长，而且也不是主厨，油盐酱醋的放置位置不太清楚，错把做豆腐用的卤水当作酱油加在面条汤里，有病的同学喝一口汤便被齁得喷了出来，淑娟一尝也被齁得咳嗽。此事引起一场风波，淑娟一再赔礼道歉，一再承认错误，在大会小会上"上纲上线"，一时成为活学活用毛泽东思想、虚心接受工农兵再教育的典型。部队首长知道后，派人调查了解淑娟劳动锻

• 在天下第一关（摄于 1971 年）

• 在山海关长城城墙上，夫妻第一次在山海关留影（摄于 1971 年）

炼的全过程，包括母亲去世都没有离开农场的"公而忘私"精神，总结材料得到解放军师部领导机关的重视，认为可作为大专院校毕业生与工农兵相结合的先进典型上报。1969年9月，沈阳军区大专院校毕业生活学活用毛主席著作积极分子代表大会在沈阳召开，淑娟作为先进典型出席了演讲表彰大会。

在我们鸿雁传书异地恋的半年多时间里，我曾邀请淑娟到北京找我休息几天，也曾表示想去盘锦部队农场看她，但由于当时她的环境、条件，我都没能如愿。直到1969年10月初，她来信说，当月的20号左右她要到沈阳开会，会回家看看，如果可能，我们能否在沈阳相见。看到这个消息我异常高兴。因为我当时仍在学校等待毕业分配，时间比较充裕，只要淑娟有时间离开

•1969年相逢在沈阳的定婚照（毛主席纪念章仍在箱中保存）

•抱着一岁多的女儿在开滦路家门前（1975年）

爱情纯似玉　家庭美如花

爱情纯似玉 家庭美如花

• 搬到人民里的新家，母亲、爱人及一双儿女留影（摄于1979年）

农场，我愿随时与她会面，亲眼看看我心恋的人。因为我从未去过沈阳，人生地不熟，于是我把能在沈阳会面的消息告诉准嫂，准嫂满心欢喜，答应带我一起回沈阳。第二天我们就买了火车票，10月16日到了沈阳，在东顺城街的老房里见到了淑娟的父亲和五个弟弟妹妹，其中二弟和三妹是从铁岭县和法库县的知青点特意请假回家的，他们十分热情地接待我，并尽最大努力为我做好吃的饭菜。

10月21日接到淑娟电话说，她已到了沈阳，因为解放军还要帮她修改演讲材料，她会前不能回家，让我和准嫂于22日午饭前到军区大院门前等她，她可以出来与我相见。22日上午九点左右，我和准嫂早早就到了沈阳军区大院门口，翘首盼望淑娟的到来。等了好长时间，终于发现一个很长的队伍在解放军的带领下向军区大门口走来时，我们认定这就是开会的，眼睛一直盯着从远处陆续走过来的人，我也急切地按照片中的模样寻找着淑娟，还是准嫂首先发现，指着一位头发有些蓬乱、身穿一件肥大外套、走路一瘸一拐的女生对我说："那个好像就是淑娟，变了样了。"我也仔细地辨认着走来的淑娟，和三年前高中时代的照片判若两人，面黄肌瘦，一看就是劳累过度造成的，我的眼泪忍不住在眼眶里转，信里一直说"挺好"的，竟被折腾得如此狼狈，我恨不得跑上去抱一抱给她一点温暖，但淑娟却平静地向我们挥手致意。队伍很快走进了大院，我一直等到大会结束才面对面地和淑娟相见。准嫂第一句话就说："看来你们部队农场的条件太差了。"淑娟平静而缓慢地说："还可以，大家都一样。"我在一边握着淑娟凉凉的手，心酸酸的不知说什么好。之后的几天，淑娟抽空回家和我见了几次面，做了面对面的交流，她还把参加大会的发言稿给我看，我被她的精神所感动，又为她的身体而担心，盼她尽快结束锻炼，离开那个艰苦的地方。临别前一天，我们一起到照相馆照了相，我给她买了一个笔记本，用隶书工工整整地写了一些鼓励的话，还写了一篇演讲稿的读后感。淑娟把那个笔记本当作恋爱的信物一直保存了40多年，直到退休后收拾东西时，我在她的抽屉里又看到我当年那种"革命心态"和"知识分子情调"："相逢沈阳"，内容是："长相思，念知己，交诚心，凭纸笔。何时相逢面对面？何时相谈共促膝？忠于毛主席，你我道合志。任凭风浪奈何起，志向不可移。生为革命生，死为革命死，娟堂终生永相爱，彼此互学习。请假自月初，转眼将月底。无奈如斯光阴去，知己又分离。临别赠片言，片言透心里。更喜且待再逢时，皆把新功立。"在沈阳相聚几天后，我们又将分奔东西。当我们乘坐的火车驶进沟帮子站时，淑娟在此下车去大洼农场，我俩在车下握手分别。回北京后又开始了鸿雁传书。从信中看到她好像被推上更高的平台，许多豪言壮语让我意想不到，比如她曾写过："生命是有限的，为人民服务是无限的，我不能闲待一分钟，有一口气也要喘在为人民服务上。"当说起当年发生的珍宝岛事件时，她说："为彻底埋葬帝修反，我愿为人民流尽最后一滴血。"相比之下，我的思想情绪却有些低沉，主要原因是该毕业没有毕业，该分配工作不分配工作，该发工资不发工资，有些怨气。淑娟在信中做我的思想工作，并寄钱给我说，不要老想毕业的事，生活上有困难给我写信说明，我会帮你一点。在当时那种精神状态下读到淑娟的信，那种真诚、亲切，是我从未遇到的。是爱情的力量激励着我，度过了那一段百无聊赖的岁月。

1970年9月，当我毕业分配来到河北秦皇岛劳动锻炼时，淑娟已走出了辽宁南大荒，被分派到唐山河北矿冶学院任教。我们之间的距离近了，每一两个月就可以见一次面。两个人都挣钱了,就想尽快结婚组建家庭。于是,1971年春节前夕,我们在北戴河区拨道洼公社的民政所登记结婚。当天上午我骑自行车到北戴河海滨买了一条大鱼,买了两瓶西凤酒,四盒大前门香烟,二斤糖果和二两一袋的茉莉花茶,共花40元左右。晚上在我们"五七连"吃饭的小食堂,邀请拨道洼村的大队书记、村主任和五七连连长为我们证婚,请当天在拨道洼村的战士一起吃了顿饭,村党支部和五七连部代表村委会和五七连给我们买了两个洗脸盆、两对枕巾、两支自来水笔和两个笔记本。就这样,没有花前月下的海誓山盟,也没有缠缠绵绵的爱情故事,更没有奢华浪漫的新婚盛宴,两个有知识、重情义的"年轻人",从陌生相识、异地恋爱,到互托终身,像玉一样温润、纯洁。

婚后第三天,庚戌年的腊月二十,淑娟和我一起回山东老家探亲,见到了农村老百姓艰难困苦的生活。原来我家有20多棵果树,包括樱桃、杏、枣、桃、栗子,现在全被砍掉了。家里的猪圈仍在但没有猪,我在家时能容七八只鸡夜宿的鸡窝塌了,院里没有狗没有鹅,新婚燕尔的淑娟一点怨气也没有表现出来,反而跟我开玩笑说:"你到沈阳不也是一样吗?你不爱吃土豆,可是家里上一顿下一顿全是土豆,你不是也没挑吗?"说罢,我俩哈哈大笑。是的,我从小不喜欢吃土豆,到沈阳认亲的那些天,因为当时沈阳的商场里也没有别的菜,家里变着样做土豆菜,土豆块、土豆片、土豆条,我不想吃也强忍着,在泰山大人面前直说好吃。和淑娟聊天时说了此事,淑娟说,

• 母亲和我全家合影留念(1979年)

十月以后东北几乎没有青菜了，而且母亲去世后，家里没有人做饭，有菜也不会做。在我们要离开山东回河北的前天晚上，我父亲背着淑娟跟我说："这次你们结婚回来，本应该给你们买点东西，但现在一点进钱的门路也没有。家里连借带凑，准备了一百块钱，给淑娟暖暖手，你看行不？"我目睹家里当时的状况已经很难受了，父亲那么一说，我作为已经挣钱的长子，心里更是难受，我没有和淑娟商量就对父亲说："不用了，现在家里这个样，给她她也不会要。我带的钱还够，回去又可领下月的工资了。"父亲也没有坚持，因为那里面多半是借来的，我要真是拿走了，家里靠什么进钱还人家呢？！

• 父亲和我全家合影留念（1981年）

我和淑娟回到唐山，口袋里只剩两角钱，到河北矿冶学院，是淑娟从她的小钱夹里给了我十元钱，翌日我乘车回到秦皇岛的拨道洼大队，继续我的劳动锻炼。1972年冬月，我们的第一个孩子出生，矿冶学院的领导给淑娟分了一间宿舍作为她和孩子的家。喜讯传到山东，按照当时家族的习惯，由最年长的四奶奶为孩子起名，于是我的母亲带着孩子李佐的名字来到唐山，淑娟也没有异议，就佐佐、佐佐地唤着女儿。小李佐长得很好看，可惜在她半岁的时候，得了一次肺炎，住进了唐山工人医院。孩子在家里天天是人抱着玩，躺在医院的病床上一个劲地哭却没人搭理，咳嗽日趋严重，淑娟要求陪床，医院又不许家人陪床，其结果可想而知。当我接到电话赶到唐山时，孩子已经去世。淑娟流着泪对我说："对不起，孩子没了。"我紧紧地抱着她，久久没有松开。我知道孩子的去世对她的打击有多大，

•在人民里新家为两个孩子拍照（摄于1981年）

让她在我的怀里哭一哭可能更好一些。她一面哭，一面诉说孩子生病、治病的过程，使我对唐山工人医院产生了终生的憎恨，是那个扭曲的年代和那些缺德的医护人员夺去了我们爱情的第一个结晶体。伤心和悲痛让我产生了调转工作、夫妻团圆的决心。回秦皇岛后，我向组织写了调转申请，几天后，主管局长找我谈话，我再次要求调往唐山河北矿冶学院。主管局长仍在劝我说，不要因为孩子的事"走极端"，让我冷静地想一想。先后谈了三次话后，主管局长对我说："经局党组研究，你调走不可能，如你们同意，可以把你爱人调到秦皇岛，由组织出面给你们联系。"当时我说："秦皇岛没有大学，她调来怎么安排？我们不去中学当老师。"领导承诺，调来也在局里安排工作。经我和淑娟沟通，可以按领导的安排调转工作。过了几天，淑娟又打来电话说，矿院的领导又不同意放她走，理由是，她离开后没有日语教师接替她上课。事也凑巧，正好我的大学同学姜雨林不愿在唐山乡村中学任教，希望能找日语本行工作，我和他联系后，他非常高兴能到矿院任教。经和矿院领导交涉，勉强同意淑娟调转。1974年3月，我们的第二个孩子出生了，淑娟在秦皇岛休产假期间，调转的批复正式拿到手，因为没有房子住，我们三口人就在光明路机关一间14平方米的办公室里暂住。

第二个孩子还是女孩，小脸蛋圆圆乎乎，非常可爱，我和淑娟商量说，女儿就像一朵花，取个花的名字比较好。淑娟说："平时你的文采哪儿去了？好好想想，起个好名字。"我和淑娟说："咱俩都是学日语的，就叫樱花的樱怎么样？"淑娟点头同意，我到派出所上了户口，一个三口之家的户口本拿在手里，心里的感觉难以形容，既喜既甜，又很美。几个月后，局里照顾，在开滦路 20 号给我们挤了一间旧房，虽然破旧漏风，但毕竟有了一个属于自己的家。为了不耽误工作，我们托人找了会照看婴儿的保姆刘姥姥。刘姥姥当时年近 60 岁，一生没有生育，老头脾气火爆，又喝酒又抽烟，老太太循着"嫁鸡随鸡，嫁狗随狗"的封建观念，几十年伺候丈夫忠心耿耿。因为没有儿女，她 40 多岁就开始当保姆挣些钱补贴家用，据她说，到我家看李樱是第 12 个孩子了。刘姥姥待孩子非常好，又能挤时间为我们做饭，给我和淑娟减轻了不少生活压力，但经济上的负担又让我们据拮，保姆费 20 元，是我半月的工资，加上每月近 20 元的牛奶费和橘汁、白糖等，我一个月的工资仅够孩子的花销。淑娟的工资要支撑全家的穿戴和米面蔬菜，过的是月月有钱月月光的日子。一年之后，孩子渐渐长大，嘴里爸爸妈妈

- 庆贺岳父大人 80 岁生日在沈阳留影（右起定国、淑娟、贵堂、岳父、阿姨、大姐夫、大姐。后排右起陈辉、淑萍、宗仁、康康、侯盾、乐乐、龙龙、王刚、淑芬）

叫得很甜，从她那乖巧的笑容里，我们体会到为人父母的快乐，也从她一

月一个样的变化中看到人生的希望，同时也体会到抚养孩子的艰难。比如为了孩子喝牛奶，我每天早上四点钟必须起床去排队，因为当年物资匮乏，国营牛奶站按区域划分了几个片，每片每天只送两桶牛奶，定点销售卖完为止，只有提前到站点去排队才能确保孩子能喝上牛奶。夏季天蒙蒙亮就看到买牛奶的长蛇阵，冬天天亮得晚，五点钟还对面不见真面目，只见一个个黑影在严寒中等候。有N次冻得实在受不了，心里也在自语"莫非真是爸爸上辈子欠的债？你自己不带口粮（母乳）而让爸受这个罪！"

• 工作时代的夫妻照

我和淑娟都是要强的人，在生活上两个人从不叫苦，在工作上也是不甘落后，当时我在攀爬翻译的高坡，她在钻研化学的奥秘，但由于我们是大学生，仍被排斥在工农兵之外，许多人包括当时的一部分领导，仍认为我们不可靠，在入党的问题上尤其明显，当党支部拟定发展我入党时，据说几次都有人反对，理由就是"大学生清高、有架子""大学生需长期考察"等。我和淑娟憋着一口气，我们一定把工作干出个样来给他们看看！为了争取进步，为了尽快加入党组织，我们也做出了一个果断的决定：把孩子送到山东老家去！1975年夏天，不足一岁半的女儿李樱被我送到爷爷奶奶身边，一

• 退休时的老夫老妻

直到 1978 年入秋才接回来入幼儿园。孩子在山东缺吃少喝受了不少罪，换来的是我和淑娟都在此期间入了党，可谓有得有失。当我回山东接孩子时，四岁半的女儿眼睛盯着不认识，当爷爷奶奶一再催促，孩子叫出第一声爸爸时，我的眼泪像断线的珠子簌簌地流个不止，一是看见孩子长大长高了心里高兴，二是看见孩子又黑又瘦心里难过，作为父母谁不想和孩子长相守，不离弃，父母狠心把孩子送到乡下偏远的农村，也是被逼无奈之举啊。孩子回到我们身边，带来农村孩子那种野性少规矩、又不注意卫生的不良习惯，经常惹妈妈不高兴，而严格的、正规的家教又使孩子一时难以接受，我在当中既善意地劝说淑娟，又和气地教育孩子，充当"和事佬"角色，使家庭团聚，其乐融融。

•全家在山海关老龙头合影（1988 年）

　　1978 年 11 月，我们的第三个孩子匆匆来到世上。当天，淑娟下班回家吃完晚饭一小时后，觉得肚子疼，用手抚摸一会儿感觉好多了，但过一小时后急得不行，要马上去医院。我急忙用自行车推着她去最近的海港医院，走到老天桥铁道口，淑娟疼得坚持不住了，距医院还有 100 米，我一边喊"坚持住、坚持住"，一边急速推车。当把她扶进产房不到十分钟，呱呱的婴儿哭声传出来。陪同接生的一名护士告诉我说，到产房都没来得及做完消毒处理，孩子就冒头了。我心里又高兴又后怕，高兴的是孩子顺利出生，后怕的是差一点生在路上。当医生允许我进屋看孩子并告知我是男孩时，感觉就是心里美。儿子宽宽的额头，诱人的小嘴，长长的个子，让我舍不

•2010年赴宝岛台湾旅游在日月潭留影

得放下，还是值班护士催我说："还不快回家取住院的东西！"我恍然大悟匆匆离开医院。我母亲在家里也没睡觉，我一回家她就问："生了吗？"我说："生了。""是男孩还是女孩？"我和母亲说："女孩。"母亲说："你甭哄我了，看你这个样子就知道是男孩。"我和母亲同时笑起来。母亲说："一男一女一枝花，是你们的福气。"

孩子快满月，又该给他起名上户口了，我也在琢磨起个名字，恰好有两位海员俱乐部的同事到我家贺喜，我准备了几个小菜和他们喝点酒。期间，同事问儿子起名了没有，我说还没有想好。其中叫耿小元的同事（刚参加工作不久的英语翻译，天津人）说："咱们仨别光喝酒，给孩子起个名字吧。"我说："我想接他姐姐的名字起，要一个带木旁的字。"耿小元说："把字典拿来，从字典上选。"我把新华字典递给他，一连选了几个带木偏旁的树名，其中杉树的杉字三人都一致说好。"杉，是常绿乔木，树干高而直，

叶子细小，果实球形，其中水杉是我国特产，世界现存的稀有植物之一。"耿小元念完字典对杉的解释。我说："就是它了，树干高而直，稀有植物，我希望儿子长得又高又直，成为国家建设的栋梁之材。"三个臭皮匠赛过诸葛亮，一顿小酒，孩子的名字就有了。淑娟从外面回来后，我把拟定的名字和杉字的解释告诉她，她也说不错，希望儿子长得高高的、帅帅的。

儿子满周岁时入了市委大院托儿所，姐姐在文化里幼儿园，两个孩子健康地成长，给我们夫妻带来无比的快乐。特别是孩子上演的一件件小闹剧、小故事，经常让我和淑娟笑得前俯后仰，也有几次

• 夫妻晚年在海南越冬留影（摄于2013年）

• 夫妻晚年在海南越冬留影（摄于2013年）

• 在三亚和儿子全家欢度春节留影（2012年）

危险的事情让我们担惊受怕。如有一次，我带着四岁的儿子到当时的市体育场看足球比赛。没过几分钟，儿子就坐不住了，自己跑下看台，越过铁栏杆，跳到体育场里玩耍，我眼睛看着足球，不时地瞅瞅儿子和他的伙伴。但看完半场球赛后，突然发现儿子不见了，我翻过栏杆跳进体育场，几个孩子一个也不见了。四处张望无影无踪。急忙到体育场的雨水管道寻找，也未发现。心想：坏了，孩子丢了。经场里场外的找也毫无结果。我急忙跑回家准备打电话报警，只见儿子坐在我家的楼梯上，满脸的惊恐，一见到我，便哇地哭了起来。我心里又害怕又惊奇。害怕的是孩子如果丢了怎么办，惊奇的是，从来没有离开父母的孩子，怎么会从体育场找到自己的家？一双儿女的成长，牵连着我们的心，愈来愈精心地呵护，越来越严格地教育。儿时的李樱逐步改掉了在山东老家沾染的不良习惯，在幼儿园、小学、中学的十一年学习中，一直出类拔萃，成为同事和邻居嘴中的香饽饽。儿子从小效仿姐姐的一举一动，从小喜欢学习，老实听话，用着姐姐用过的学习用具，穿着姐姐穿过的鞋帽衣服，踏着姐姐进步的脚印，一路以优良的成绩度过少年时代。继姐姐1991年以优异的成绩考取中南财经大学之后，他也于1996年理想地考入天津城市建设学院（五年制本科）建筑学系。当女儿考入大学时，我和淑娟长出了一口气，终于把女儿送进了大学校门，十几年的酸甜苦辣得到了回报。而当儿子领到大学录取通知书时，我和淑娟更激动不已。最小的孩子也进了大学，我们一生最大的愿望实现了。特别对儿子的成长，不知是由于溺爱还是偏心，让我们付出了更多的耐性和仁慈。我和淑娟从未打过儿子，即使是犯了过错，也没动手打过他。

记得有两件典型的事。一是儿子上小学时，有一天在回家的路上遇见一个人对他说："你家在哪儿住，我去你家喝点水。"老实憨厚、不懂世事的儿子信以为真，把那人领到家，给他倒一杯水。那人端着水杯在我家

• 在三亚和女儿全家欢度春节留影（2013年）

里左转右转，顺手拿了几件小玩具。儿子跟着他不敢赶他走。当那人在我的书橱边翻动东西，并问儿子说："你们家的钱放在哪儿？"儿子说："钱是我爸的秘密，我也不知道。"那人没有再追问，转了一会儿离开我家。

我和淑娟到家后，儿子对我详细叙述了全过程，也描述了来人的长相穿戴，我们实在不能容忍孩子的愚钝无知，但谁也没有动手打他，只是仔细问了细节，我听后就断定是前马坊村的一个精神病患者，派出所称之为"文疯子"，平时我也多次在马路上遇到过他。这种把不认识的人随便领进家，如果发生在女儿身上，妈妈的巴掌肯定少挨不了，但发生在儿子身上却没有挨打，在批评教育后还表扬说："我儿子真棒，懂得保密，不把你爸放钱的地方告诉别人。"二是儿子在初中时有一阶段，学习成绩下滑，家长会上老师分析了几种原因，其中之一是有些同学迷上了游戏机，放学以后不回家写作业而去游戏厅玩游戏。我和淑娟商量后，决定由我采取跟踪的方式看看儿子是不是也去游戏厅。说也凑巧，我第一次暗中跟踪就发现儿子果然进了一家游戏厅。但我们没有打儿子，只是严肃地和他谈话，问他放学以后干什么去了，儿子开始只是支支吾吾地说和同学玩了。当我摊牌告诉儿子后，儿子哭了，哭得很伤心，保证以后不去游戏厅了。儿子的学习成绩又迅速提高，到高二时已进了市第一中学的综合得分前130名，最好的一次考试进入第72名。

　　光阴似箭，岁月荏苒，自1975年我们有了第一个十几平方米的家之后，先后四次换房，到1998年四口人住进了一百多平方米的三室两厅之家，孩子们在真爱中成长，在温馨中度过青少年时代。女儿大学毕业又回到父母身边工作，1999年结婚组建了她的小家庭。儿子2001年大学毕业也回到秦皇岛工作，2006年结婚也有了新巢。但他们总不想离开父母，十多年没有迁户口，我仍是八口之家的户主。我和淑娟在单位是出了名的"模范夫妻"，两个孩子也是出了名的"学习标兵"，一个美满、温馨的家庭永远留在我们心中，父母创建的家庭永远是儿女们行船归来的港湾。

## 翻开荣誉箱 历数"军功章"

自中学时代开始，我就崇敬功勋人物。当看到朱德、彭德怀等十大元帅肖像胸前的一排排勋章，让我敬慕万分；当看到全国劳模大会上国家领导人把金灿灿的勋章挂在劳模胸前时，我内心也会激动异常，认为那就是国人学习的楷模……所以，从我参加工作那天起，就有争先创优、建功立业的意识。我几乎年年被所在单位评为先进工作者，奖品不是勋章，只是一张普通的奖状或硬皮日记本，我也珍藏多年不舍得丢弃。记得1978年我被推荐出席秦皇岛市直机关学习毛主席著作积极分子代表大会，得到一本扉页上盖有秦皇岛市人民政府公章的塑料皮日记本时，心潮澎湃，像军功章一样保存了20多年。

1978年以后，随着改革开放的发展，我的第二故乡秦皇岛也迎来了久违的春天，男女老少都抢学思变。特别是被国家确定为全国第一批沿海对

翻开荣誉箱 历数"军功章"

• 我任教员的秦皇岛市科协第一期科技日语培训班结业留念（1981年）（第二排右起第五人是我）

外开放城市后，学外语之风迅猛发展。年纪较大的厂企科技人员为学习国外的先进科技，渴望得到外语培训；年轻人纷纷参加包括外语在内的各种学习班。当时国家政策也允许有一技之长的知识分子做些社会兼职教学工作，我和我的翻译同行们像香饽饽一样被聘为外语教员，利用业余时间为学习

• 我任教的秦皇岛市第二期科技日语培训班结业合影（摄于1984年，第一排右起第七人是我。）

班授课。我应秦皇岛市科协邀请,利用每周六上午为在职科技人员教授日语,从1979年一直到1986年。期间,我和来自耀华玻璃厂、市玻璃研究所、秦皇岛玻璃设计研究院、纤维厂、耐火厂等厂企工程技术人员一起,互相学习,共同提高,我教给他们日语基础知识和书面翻译技巧,他们教给我方方面面的科学知识。有时会遇到一些难题,我自己解决不了,便带着问题请教日本人,一个日本人解释不了,再找另一个,一直把问题搞清。而后,我就"现买现卖"地传授给学员。科技日语班每两年一

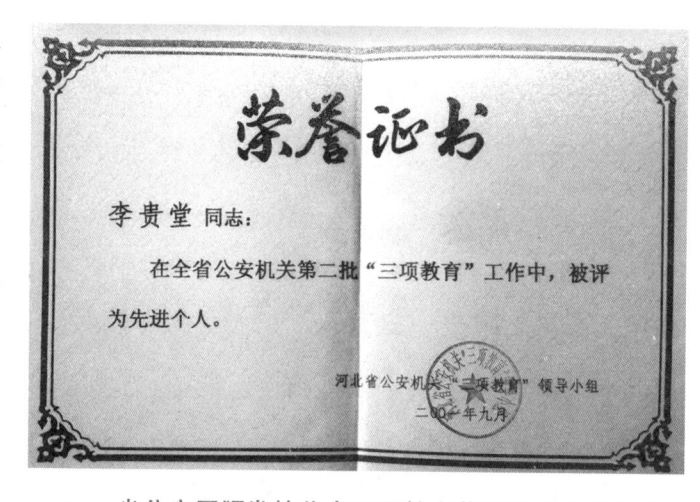

• 省公安厅颁发的公安三项教育荣誉证书(2001年)

• 省公安厅授予的荣誉证书(1998年)

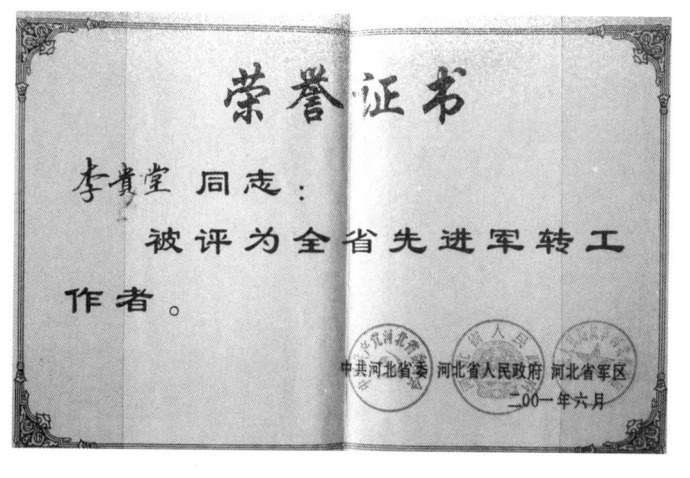

• 省委省政府省军区颁发的荣誉证书(2001年)

期，我先后教了三期，向150多名科技人员传授了日语基础知识，使他们能借助字典看懂日本科技资料，解决生产或技术攻关中的难题。有些学员发挥"科技就是生产力"的作用，把日本的先进技术为我所用，凸显成效，受到重用和提拔，有的评上了工程师，有的担任了科技副厂长，有的还被派到日本研修。比如当时在市委工业部的刘朔全同志、港务局通信处的聂振一同志、耀华玻璃厂的张景涛同志，当年都是科技日语班非常勤奋的学员，后来担任了副市长、港务局局长、耀华玻璃集团总经理的重要领导职务。我的第四期学习班是口语班，青年学员比较多，教材是日本NHK广播协会的日语教程，而且配备有原声磁带，教学效果比科技日语班更为明显，一批年轻伶俐的女学员很快脱颖而出，课堂上能用标准的语调、流畅的语速朗读和回答问题。一些年纪较大的学员也能和我在课堂上用日语交流。市科协的领导听后非常高兴，把学习班情况向市有关领导做了汇报。不久市

• 1985年获秦皇岛市政府颁发的荣誉证书

• 第十一届亚运会先进工作者荣誉证书（1990年）

科协副主席告诉我说，市政协的赵师强主席要来学习班视察。赵主席时年近 60 岁左右，是一位面容慈祥、文质彬彬的长者，据说他幼年时代也学过日语，新中国成立后一直从事科技工作，从基层逐级提拔晋升到副市长、市政协主席领导岗位。为了欢迎市领导视察，我有意安排一节日语会话课。

• 第十一届亚运会秦皇岛赛区安保部工作人员留影（1990 年，第二排左起第 3 人是我）

从上课的第一句开始，就用日语和学员们交流，交流中不时让学员用日语回答我的问题。因为是学过的一些知识，学员们绝大多数都能流利地回答，赵主席坐在后面认真地听学员们的回答，并不时地点头，脸上露出满意的笑容。事后，市科协把我任教数年的情况整理了材料，上报到河北省科协。1984 年我荣获河北省科协颁发的"热心科普活动奖"。翌年，秦皇岛市委、市政府又为我颁发了"秦皇岛市成人教育先进工作者"荣誉证书和奖金。那是我第一次荣获高规格领导机关颁发的荣誉证书。

当年在社会上兼职有一定的经济报酬，全市没有统一标准，厂企办的培训班报酬高一些，政府系统如市外办、市科协办的班报酬比较少，最初每月16元。当市科协的同志和我商定报酬时,我明确表态:"给多给少我没有意见,能用日语为改革开放做点事,就是不给钱也可以。"任课近六年,我从未主动要求提高经济报酬,但市科协的领导也没有亏待我,多次给我增加报酬,到1985年时增加到每月80元左右。开始每月领了报酬,我就到自由市场上花12元左右买一只德州扒鸡,拿回家改善一次伙食,扒鸡的两只大腿肯定是姑娘、儿子各一只,鸡头、鸡脖、鸡爪多是老伴吃,而我则吃鸡翅和内脏,一家人其乐融融,我心里也很满足。每当我买回扒鸡和油炸花生米等零食时,姑娘、儿子都知道"爸爸又发钱了"。当年的生活就是这样,不舍得用工资买"昂贵的"扒鸡吃,额外的收入花起来就下得了手,买些水果

• 主持秦皇岛市公安系统"我为党旗添光彩"演讲会留影(1994年)

• 在市局机关新党员宣誓暨党员教育大会上(1995年,左起第一人是我)

或荤腥食品，全家解馋，孩子们高兴。

1990年，第十一届亚洲运动会在北京举办，国家非常重视，投入大量物力、财力和人力，亚运会组委会由时任中央政治局委员、北京市委书记陈希同和国家体委主任伍绍祖亲自挂帅。其中，帆船、帆板项目的比赛在秦皇岛举行。秦市第一次担当洲际赛事的主办权，市委、市政府主要领导亲自挂帅，相关部门倾力支持，亚运村很快拔地而起，水上竞技场

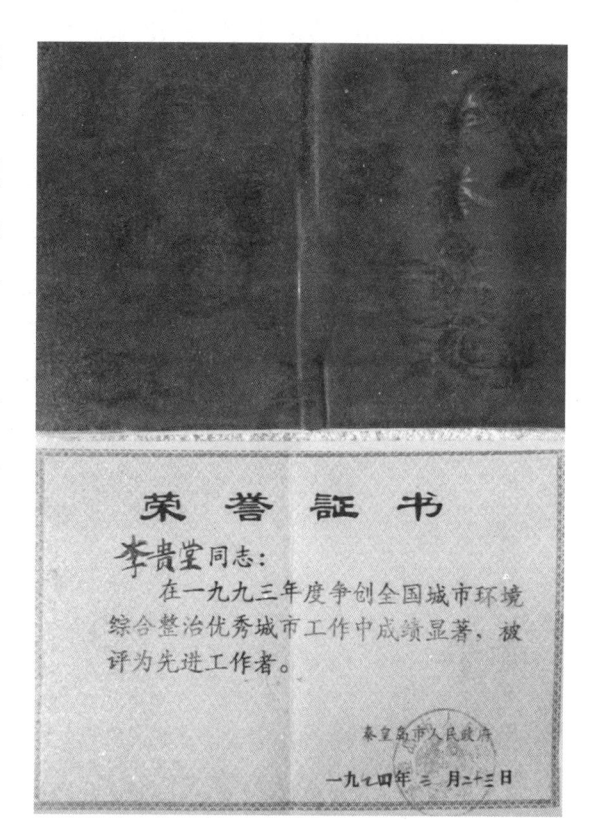

• 1994年获秦皇岛市政府颁发的荣誉证书

按时投入试运行，一大批参与者先后入住亚运村办公。亚帆赛开始时，我作为外语翻译工作人员，被分派在安全保卫部工作，要确保运动员、教练员和外国媒体人员在亚帆赛期间的绝对安全。随着比赛日期的到来，各国运动员陆续抵秦，我们的工作进入白热化状态，全天候不离岗位，随时待命迎接来自亚洲各国的宾朋，又密切注视亚运村内外的治安状况，发现异常立即报告，将危险解除在萌芽之中。由于日本人彬彬有礼，处事谨慎，比较讲信誉、守纪律，自始至终支持和配合我们的管理工作，所以亚帆赛期间从未发生异常情况，多次得到组委会的表扬。经过十几天废寝忘食的紧张工作，赛事圆满结束，我和不少同事都被评为亚运会亚帆赛工作先进个人，安保部的领导还被记功奖励。那是我第一次参与国际性体育赛事活动，第一次得到陈希同和伍绍祖亲自签名的纪念册。

1989年，我被调回市局机关，在办公室工作一年多。1990年底，由

翻开荣誉箱 历数"军功章"

• 在张晓东烈士抚恤金颁发转交仪式上（张晓东烈士生前系秦皇岛市公安局开发区分局刑警队警察，1996年4月在追捕犯罪分子时壮烈牺牲，同年5月，先后被河北省政府批准为革命烈士，被公安部追授全国公安战线一级英雄模范称号。）（1996年，右边右起第二人是我）

• 受上级公安机关委托，向张晓东烈士的父亲转交全国见义勇为基金会的奖金两万元（摄于1996年）

市公安局党组提名、市公安局机关党员代表大会差额选举，我被选进市局机关党委领导班子，经秦市直机关工委批准，任机关党委专职书记，主抓市局机关的党务工作，同时统筹局机关工会、共青团、妇联等群团组织的日常工作。在上级党委的直接领导和市公安局工、青、妇群团组织的鼎力支持下，市公安局的党务工作很快步入制度化轨道，每季都要集中上党课，每半年要评选先进总支和支部，每年都要评选优秀党员和发展新党员，每年都要配合公安业务工作，开展"我为党旗添光彩"等争先创优活动。市委、市政府号召的各项社会活动，如每年的义务植树、巾帼创模、两个文明建设、环境综合治理、文体比赛等，市公安局参与的人数最多，完成任务的质量名列前茅，赢得了良好的声誉。我作为主要组织者，连年得到上级领导机关的表彰和奖励。其中，1992—1994 年连续三年被秦皇岛市直机关工委授予"优秀党务工作者"荣誉称号；1993 年和 1994 年，先后被市委组织部、市委宣传部授予"优秀党课教员"和"党员电化教育工作先进工作者"荣誉称号；1994 年被市委政法委评为"全市政法系统思想政治工作先进个人"。同年，又被市委、市政府授予"创建全国城市环境综合治理优秀城市工作先进工作者"荣誉称号等。

1994 年下半年，根据工作需要，我被上级党委任命为市公安局党委委员、政治处主任职务，开始了长达 8 年的政工干部工作。当时的政治处一共十五名干部，设干部科、宣教科、秘书科和老干部科，分别担当人事管理和干部考核、公安宣传和教育培训、全局干警队伍建设及市局机关离退休老干部的日常服务工作。每科虽有不同的工作分工，但一旦有主要工作任务，全处全员参加。比如年度干部考察，全处分成七八个小组，分别到全局 20 多个处、室、队、所去考察、测评，广泛听取群众意见，归纳梳理后写出考察材料，提交局党委，作为干部升降的重要依据；若有全市警衔晋升或科、所、队长任职培训等培训班时，也要抽调秘书科和干部科的同志配合宣教科，共同完成教育培训任务。每年北戴河暑期，因有大批干警要集中到北戴河执勤，政治处要对干警进行支暑前的上岗资格考察和专题思想教育。暑期中还要配备强有力的政工干部加强思想政治工作，及时发现问题，防患于未然，及时宣传典型，鼓舞士气、激励斗志，始终保证执勤队伍旺盛的工作热情和忘我的工作精神。暑期结束前，还要组织考核评比，为暑期结束时的总结表彰做好准备。秘书科的同志则按照市局党委的统一部署，具体谋划干警队伍的日常思想教育和队伍建设专题活动，在各处、室、队常年不间断地发现先进、培养典型、开展争先创优活动。所有这些工作，我作为局党委委员、政治处主任要负全责，压力不小，困难也比较多。但在党委的直接领导下，在政治处各科科长们的共同努力下，政治处的工作一年一大步，年年创佳绩，干部科工作连年被市人事局评为先进单位，老干部科的工作被中共河北省委老干部局评为先进单位，宣教科和秘书科的工作在全省公安系统评比中一直处于前列。其间，我也赢得了组织的信任和肯定，得到了上级主管机关的表彰。1996年被市人事局荣记个人三等功一次；1997年被河北省公安厅荣记个人三等功一次。

1998年上半年，经秦皇岛市党政机关机构改革领导小组批准，市公安局政治处升格为政治部，同时交警大队、刑侦大队和巡警大队也被升为副县级的支队建制。政治部下设四个正科级的处，分别是干部处、宣传教育

• 河北省公安系统警衔管理现场会在秦皇岛市召开留影
（1990年，前排右起第四人是我）

处、老干部处和综合秘书处，编制达30多人。市局党委报请市委批准，我任市公安局党委委员、政治部主任。领导跟我谈话时充分肯定了政治处前几年的工作，并对政治部的增编和提格归结为"有为才有位"，我也对时任公安局党委一把手的毕登启副市长明确表态：领导对政治工作如此关心重视，我们30多名政工干部绝不辜负领导的期望，一定要在原来的基础上"更上一层楼"，在全省公安系统争一流。我和三位副主任共同制定了政治部工作规范和主任碰头会制度，每周集中汇报一次工作，并研究制订下周工作计划，要求每位干警建立工作日志，一周一小结，每月考核一次。为了强化队伍的规范化制度管理，经报局党委研究同意，在市局机关各处、

室、队开展了争先创优的"五好"评比活动，政治部和纪委、审计处、法制处等单位具体负责活动的组织、检查和考核工作。市各县、区公安局则开展了"人民满意在警岗"的加强队伍建设活动，市公安局党委下发文件，要求各县、区公安局党委按照市局的统一部署认真组织实施。政治部会同市局纪委等职能部门，经常深入各县区局、科、所、队，检查了解开展"人民满意在警岗"的活动情况，每季度进行一次综合性的检查评比，发现先进即宣传表彰，发现违纪立即督促纠止。各县区公安局的政委亲自参加各县区局的联查，以互相取长补短。每年年底，市局召开全市公安政治工作会议，市局党委主要领导做报告、提要求，全市的公安政治工作生动活泼卓有成效，有力地保障了各项公安业务工作的完成。自2000年开始，公安部党委根据形势的要求和公安队伍的现实状况，在全国公安机关开展以树立正确的人生观、价值观，加强全心全意为人民服务的宗旨教育和爱岗敬业、廉洁勤政为内容的三项教育活动。我作为政治部主任多次参加了公安部和公安厅召开的加强队伍教育管理研讨会或强化公安队伍建设的专题座谈会，聆听公安部和省公安厅领导的讲话，听取有关省、市公安机关加强队伍建设的经验和做法。我把各级领导的讲话精神和各地的好经验、好做法汇总后向市局党委主要领导汇报，并提出贯彻落实意见，经局党委研究决定后，迅疾在全市开展了秦皇岛市公安机关的三项教育活动，并取得了较好的效果，多次得到省公安厅的表彰或现场会介绍经验。由于我连续多年尽职尽责、扎实有效地工作，政治部和我个人也得到了上级公安机关的充分肯定和表彰，我的荣誉箱里，又增加了一个个沉甸甸的荣誉称号：1998年河北省公安厅授予我"全省优秀政工干部"荣誉称号；2001年6月中共河北省委、省政府、省军区授予我"全省先进军转工作者"荣誉称号，并享受市劳模待遇；2001年9月河北省公安机关"三项教育"领导小组授予我"三项教育先进个人"荣誉证书；2002年荣获全国公安机关"三项教育"先进个人的荣誉证书和荣记个人二等功的奖章、证书。

回忆我1991－2002年做党务工作和政工工作的十多年，各级领导机关给了我许多表彰和奖励，这些荣誉和奖励珍藏在我的荣誉箱里，它为我的党务、政工工作画上了圆满的句号，同时它让我永远忘不了市公安局党委

• 河北省加强公安队伍建设经验交流会在秦皇岛市举行
（2001年，前排右起第六人是我）

历届领导班子成员对我的支持和帮助，特别是四届党委主要领导郭世安、刘金国、毕登启、高宝林给我的教诲和影响力。在和他们的接触中，我潜移默化地学到了作为一名领导干部应具备的领导才能和领导艺术；耳濡目染地学到了他们对事业的无私奉献和敢于负责、勇于担当的优秀品质；身临其境地学到了他们爱兵如子、赏罚分明、严于律己的领导风范。尤其是和刘金国相处的三年，他坚定的政治信仰、拼命工作的劲头、身先士卒的楷模力量和公私分明、严于律己的人格魅力，在我心中树起了一面终生学习的旗帜。

刘金国是1992年5月从中共秦皇岛市委常委、秘书长的岗位上调到市公安局任党委书记和局长的。当时我在市局任机关党委专职书记，经常参加局党委会，能亲自听到和看到刘金国局长的言谈举止，给我最初的印象是处事果断、雷厉风行，他的工作热情像火一样炙热，昼夜连轴转的情况非常多，好似没有节假日和星期天的概念；他作风朴实，办公室简单朴素，

一日三餐在机关食堂吃饭；他长着一副严肃的面孔，外表看来很严厉，但对部下和蔼可亲，从不打官腔。由于工作关系，我和他接触比较多，他在紧张繁忙的工作之余，有时打电话让我到他办公室去汇报工作，有时也主动到我办公室，商量加强公安党风廉政建设的办法。开始时我有些拘束，特别是谈到公安干警队伍中存在的一些问题时不够坦言。但经过几次接触后，我发现他是一个非常公正、守信和客气的人，特别对像我这样岁数比他大、社会经历比他长的人，他更客气、更尊重。每次谈话都开门见山、直奔主题。他对机关党委的工作很重视，多次对我说："公安局党员多，600多名干警是共产党员，占总人数的三分之一，把党员的工作抓紧了、抓好了，让党员真正发挥先锋模范作用，剩下的工作就好做了。""公安局的队伍建设首先要从党员开始抓，从基层支部开始抓……"我理解，他是给机关党委的工作压担子，给我这个专职书记撑腰。在涉及各处、室、队领导班子调整或上级某位领导打电话、批条子向他"推荐"干部时，他也会单独找政工、纪检和党务工作部门的领导征求意见。我每次都如实地将机关党委掌握的情况向他汇报，多次受到他的表扬和鼓励，有一次他说："你掌握的情况很细，客观、可信，你这个书记称职。"1994年5月，根据他的提议，我离开机关党委到政治处任主任，和他接触的机会更多，他对我的影响更大，尤其对20世纪90年代社会上盛行的吃喝玩乐不良风气，他极为反感，对官场上过分的迎来送往、对务虚

• 公安部颁发给我的奖牌（2002年）

不务实的马拉松会议，他坚持能不迎不送的坚决不迎不送，能找理由躲开的尽力躲开，而腾出时间下基层、抓工作。为此，也招致一些负面议论，包括有些领导对他的做法也多有微词，他听后不以为然仍"我行我素"。我不止一次听他说："我这个人就这样，改不了了。吃吃喝喝那一套，我不会，也不想学，只好和他们离得远一点。"记得1994年在北戴河支署期间，他总是躲开一些重要的迎送宴请活动，我俩在宿舍交谈，我曾用东方朔"水至清则无鱼，人至察则无徒"的名言劝他随和一些，他微笑着说："没什么，咱本来就是农村出来的，如果人家看不上，咱还可以回乡种地，但我也不相信这种风气能长久了。咱们都是共产党员，还是要相信党。"听了他的肺腑之言，我从内心敬重他、佩服他。1994年他在中央党校学习期间，因有工作需向他汇报，我和市政府政法科的刘静洪科长到北京找他。他见到我们很高兴，说："党校的学习安排不太紧，有时一个人待着难受，总想回去和大家一起忙活。"我说："明天是星期六，我们汇报完工作后，咱们可以去颐和园转一转，我当导游没问题。"他说："颐和园在跟前，我还没进去过，但我有个想法，如果你带我们转转，咱就到十三陵水库去看一看，那是毛主席、朱老总当年亲自参加劳动修建的。"我心里又被触动一下：近在咫尺的皇家园林公园不去看，而选择百里之遥的十三陵水库，刘金国的心路和一般人就是不一样。尊重他的提议，我们翌日早六点就赶到天安门广场，参加完升旗

• 公安战线二等功、三等功奖章

仪式后，在路边店吃了早餐就直奔昌平区。在十三陵水库我们绕了近两小时，他兴致很好，但没有发表激情洋溢的观后感。在回来的路上，我们在昌平

• 与刘金国同志在北京天安门广场留影（1994年）（右起李贵堂、刘金国、刘静洪、王彦忠）

区的路边店吃午饭，他坚持不让我们花钱买菜，自己点菜买酒招待我们，由于聪明的刘科长以鼻窦炎做了埋线手术为由避开喝酒，王彦忠是司机滴酒不沾，一瓶高度的衡水老白干倒在两个大饭碗里，我俩一人一碗，互相敬着，不到半小时就干到碗底。由于喝得比较急，也少醒酒的凉菜，半斤多酒入肚后，我头晕得难受，本来从昌平回秦皇岛的行程因我的身体不适而耽误了，无奈，我们又在中央党校招待所住了一夜。

1995年夏，时任秦皇岛市副市长兼市公安局党委书记、局长的刘金国调任河北省公安厅任副厅长，市委、市政府领导想派规格较高的干部送他赴任，被他婉言谢绝，点名让我和刘静洪科长两人陪他，乘一辆小轿车去了石家庄。以俞定海为首的四位公安厅领导在石市高速公路口迎接他，并在厅机关食堂为他"接风"。省公安厅党委非常关心他的生活，为他准备

了一套 140 多平方米的厅级干部住房，他听后没有当面表态，直到晚饭后找我说："在秦皇岛住两居室住惯了，这么大的房子咱不能住，一是买不起，二是有钱也不想住得太大。请你代我转告俞厅长，把那套房子退掉给其他同志吧，我近期也不搬家，一个人住办公室就可以。"当我和俞定海厅长汇报了刘金国的想法后，厅长对我说："这套房子有几个人惦记着要，是特意给金国同志留的，如果他实在不想住，就按他的意见办吧，住房问题以后再说。"刘金国在省公安厅干了几年后又调任河北省委政法委任副书记，其间，北京和河北省的新闻媒体曾几次到秦皇岛采访他的事迹，每次都要到公安局召开座谈会，一部分在金国同志身边工作过的干警如实地提供了大量素材。大约在 2000 年的暑期，我在北戴河公安指挥中心工作时，接受了领导交办的一项任务，陪公安部党委委员、政治部主任祝春林到野生动物园转转。祝春林主任是全国公安系统政工干部的最高领导。以前曾多次在加强公安队伍建设的座谈会上聆听过他的讲话，但从未单独接触过，这次陪他去野生动物园，我心里只想，一要当好导游，二要保证领导绝对安全。当我和祝主任上车没几分钟，他就对我说："李主任，刘金国同志在你们市局当过局长，你应该了解他，我想

• 到县区公安局检查指导开展"人员满意在警岗"活动留影（1998年，右侧左起第一人是我，第二人抚宁县公安局政委肖民生，第三人政治处主任吕辉）

听听你对他的看法，咱们随便谈谈。"我虽没有思想准备，但要说刘金国的事儿，无须事先准备，我首先做了综合评价，说："祝主任，现在我们全国都在学党的好干部孔繁森，刘金国就是孔繁森式的好干部，就我个人的感觉，刘金国的不少事迹比孔繁森还让人感动。"接着我列举了一些实际事例，祝主任默默地听着，很少插话，直到在野生动物园下车时才结束了我们的谈话。

• 在秦皇岛市公安局机关第二次党代会上做工作报告（1993年）

刘金国对我的影响极大，可以说影响了我的后半生。分别几年后十分想念他，在他任省政法委副书记的第二年夏季，听说他来北戴河暑期指导工作，我决定去驻地看望他（当时我已离开工作岗位）。我特意到市工艺美术品广场，精心挑选了一件有毛泽东长征时期戴八角帽肖像的景德镇瓷

• 新警服换装后留影（2000年）

器想送给他作纪念。当我乘公交车赶到他的驻地，进入"省招"到他的办公室时，他有紧急任务又走了，想用手机联系，又怕干扰他的工作，等了近半个小时仍未如愿。我只好恳请值班室的同志把瓷器转交给他。值班室的同志问我姓甚名谁之后，很为难地对我说："李主任，你也不是不知道书记的性格，你别让我们挨批评，最好你带回去，若不然就等他回来。"百般无奈，我只好扫兴而归，把瓷瓶退还给工艺美术品市场。刘金国同志调到公安部后，据说仍坚持他的一贯作风，终于感动了国人，被评为"2011年度感动中国十大模范人物"。听到喜讯，我不感到惊讶，因为他早已感动了我，感动了许多在他身边工作过的同志，他无论走到哪里，都会像真金一样不怕火炼，他被评为感动中国人物是时代的必然。当中央电视台播放感动中国十大模范的颁奖晚会节目时，老伴凑过来，想看看离开秦皇岛近20年的老局长的模样。我说："按他的性格，不一定会出席。"老伴说："这么重要的事，他不会不参加。"我说："他会找理由避开这种张扬的场合。"事实证实了我的猜测，刘金国没有出席颁奖晚会，据说是在外地执行重要任务。

我崇敬刘金国,崇敬那些为国家和人民而鞠躬尽瘁、无私奉献的人,同时也为自己循着模范人物的轨迹工作几十年,也有一个属于自己的荣誉箱而自豪。因为那是我人生旅途中一个个闪光的小红点,个个红点连成线,说明我也是沿着一条正确的轨迹续写着自己的人生。2001年,我的母校——山东省五莲县第一中学来函称,为纪念建校50周年,学校要举行校庆,诚邀从五莲一中毕业走向大江南北的学子回母校相聚,而且还要求担任相应职务、职称以上的学子们向母校汇报自己的业绩。对母校发出的召唤,我心中倍感温暖,少小离校,至今已两鬓花白,母校和家乡的党委、政府仍牵挂着生活和工作在异地他乡的儿女,并且通过各种方式方法宣传和激励昔日的学子。我第一次把小荣誉箱里存放的奖章、证书按时间整理了一遍,向母校做了书面汇报。没想到的是,母校又把我的信息传送给新闻媒体,我也被山东电视台"天南海北山东人"节目推介到天南海北,不久就收到来自北京、天津等地新闻媒体的采访邀请,我在回函或电话里婉言谢绝,因为我不是英雄模范人物,也没有做出突出的业绩,只是兢兢业业、踏踏实实地履行了我的职责,不值得在媒体上宣传。2009年,又有北京一家文化传媒单位来函约稿,请我在《中外文化名人格言》一书撰写自己的人生感言,以褒扬时代精神、激励后人奋发向上。读完来函后,仿佛想起我中学时代喜欢读名贤格言的一幕幕,古代贤人撰写的励志格言、保尔·柯察金、高尔基、鲁迅等名人的格言,叶挺、瞿秋白、秋瑾

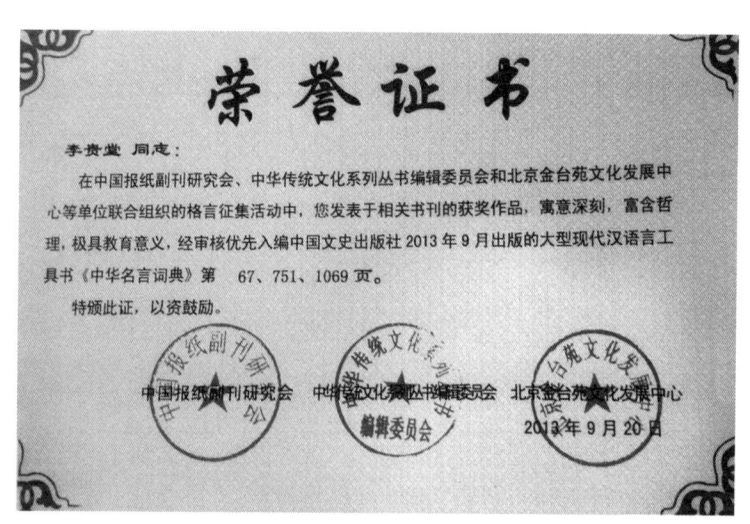

等革命先烈的铮铮誓言以及欧阳海、雷锋、焦裕禄等现代英雄人物的日记摘抄等，都深深地影响了青年时代的我。如今有人继续编写时代格言，传播正能量，激励年轻人，真是一件好事。鉴于此，我回函格言编辑部，谈了我的想法，并寄去三句人生感悟。第一句是"人生要成功，心里应装着一个目标，坚定不移，咬定'青山'，踏踏实实始于足下，理想之巅会在你的脚下"。第二句是"要多读书、读好书，读书是成功的开始，它永远没有结束"。第三句是"长鸣的警钟要靠自己从心里敲响，活到老，敲到老，一身正气到终了"。三句话，一是人生要立志，二是一生要学习，三是为官要自律。三句均被选中，编入中国文史出版社出版的《中华名人格言》一书，2013年又被中华传统文化系列丛书编委会选定，入编《中华名言词典》，同时为我颁发了荣誉证书。这也算是我荣誉箱中又一份"军功章"。

唐代诗人李商隐有诗句曰："夕阳无限好，只是近黄昏。"又有唐代诗人刘禹锡的诗句说得更好："莫道桑榆晚，为霞尚满天。"我喜欢各取一句，组成"夕阳无限好，为霞尚满天"。我因年龄关系，虽不能在仕途上继续为党和人民奉献了，但我愿让"尚满天"的晚霞为世间多留点温暖，让夕阳红的余热为年轻人前进的身躯多加点能量。

# 百年牛栏旺　四代铸辉煌

2014年7月，为给逝去十年的父亲上祭日坟，我又回到山东原籍，住在宣王沟村三弟家中。翌日晨起，我迫不及待地顺着房前的水泥路向牛栏旺方向走去，因为那里有生我养我18年的"老家"，又是我家十七至十九世先祖们长眠的地方。转过一个山弯，牛栏旺的轮廓映入眼帘，我大吃一惊：十年不见，它已变得让我认不出了。昔日裸露的石头山，已被郁郁葱葱的林木笼罩得无影无踪。记忆中的那些沟沟坎坎，也被茂密的绿色植被铺盖成浑然一体。我的眼睛湿润了：九仙山风景区成立不足20年，这里的自然生态发生了巨大的变化。照此发展下去，不用十年，牛栏旺这个昔日的小山村，就会完全回到天荒地老的原生态，它的名字也会在人们的记忆中消失。

牛栏旺的名称，说不清是何年何人所起，但它同中华大地上其他地名一样，是先人聪明和智慧的结晶。中国是个几千年以农业为主的国家，农民占总人口的绝大多数。世世代代的农民家中，最大的生产元素就是牛。千百年来流传的俗语"二亩地，一头牛，老婆孩子热炕头"，说的就是华夏大地上旧时农民的"小康"生活。牛是农家宝，因此，与牛相关的地名遍布大江南北。1965年我到北京上大学，很快发现北京有名酒"牛栏山"。经了解得知，这个全国有名的京酒原产地是顺义区牛栏山镇，该镇自古盛产白酒，至今已有三千多年历史。参加工作去广州出差时，曾参观过广东省博物馆，发现南粤源流有四大远古遗踪，其中之一，是牛栏洞遗址。广东三元里附近还有一个牛栏岗，曾是鸦片战争时清兵抗击英军的天然屏障。2008年，四川汶川发生大地震，全国人民纷纷解囊相助，在抗震救灾的相关报道中，我又发现四川有条大河叫牛栏江，古代叫螳螂江，是金沙江的支流，发源于云南，流经贵州入四川……诸如此类和牛栏旺同名的山冈、河流、村镇，说明牛在中华民族生存中所占的重要地位。我的出生地牛栏旺，地形酷似一个天造的牛栏，东、北、南三个方向全是山峦相连，只有西面有一个出口，而且还有S形的山坡阻挡，放牛人早上把一群牛撒出去，一天不用管也不会跑掉。牛栏旺又是方圆百里最好的放牧场，山虽多但坡度不陡峭，河不大但常年有流水，更有像石牛和正风顶那样地势平坦、水足草肥、几乎捡不着一块石头的"山巅草地"。正因为如此，我的先祖在清朝光绪年间，选择到牛栏旺谋生，成为牛栏旺小山村的第一代创始人。

　　说起牛栏旺小山村的历史，也有一个美丽的传说：很早很早以前，九仙山中有个牛栏旺村。村里住着一个姓尹的石匠，这石匠为人忠厚老实，以打制石磨为生。有一天夜间，尹石匠做了一个梦，梦见一位白发白须，穿一身白衣服的老头说："石匠，你常年这么打石头，拼死拼活也富裕不了，我告诉你，在你们前山有块金牛石，你把它凿出来，保你过一辈子好日子。"尹石匠醒后半信半疑，决定去前山寻找，果然发现一块山石上有牛形状的石线，便带着錾子和铁锤开始凿。一干就是七七四十九天，只剩一根牛缰绳的地方没有凿。这天正好石匠媳妇来送饭，她看到整个牛的形状都有了，只剩一根线，便拿起铁锤说："干这些天了，就差这一点了，我帮你凿开。"说时迟，那时快，铁锤叮当一声，把牛缰绳的石线砸断了，只见一头金牛"哞"地一叫，扬起四蹄，一溜烟奔前崖而去……这个关于牛栏旺来源的传说，我希望它是真的，但至今没有发现山村的遗迹和其他史料记载。所以，我认定我的先祖是牛栏旺小山村的开拓者，但先祖的根在哪里？至今不知道。所以，我决定利用这次回乡的机会，寻根问祖，找一找牛栏旺李家的家谱。

三弟贵明喊我回家吃早饭，打断了我的思索。在吃饭时，我把找家谱的想法和三弟商量，他非常高兴，答应上完坟后陪我一起去潮河镇的菜园村寻访。早饭后，家里人都下地劳动，我又独自进了牛栏旺。羊肠小道上蒿草没腰、飞蛾扑面，我用双手拨拉着草，驱赶着飞虫，不多一会儿便到了老屋遗址。迎接我的是十几只被拦在老屋旧址的山羊，它们一见陌生人来，都警觉地聚在一起望着我。我用柔和的乡音对它们说："不用怕，我也是你们的主人。"说也奇怪，话音一落，十几只山羊仿佛听懂了我的话，

• 牛栏旺老屋旧址，如今成了护林员夫妇的羊圈（摄于2014年）

陆续走向围栏口和我亲近，有的发出亲昵的声音。可惜我手中没带好吃的

东西喂它们，只好摸摸它们的头，自言自语地说："古人名言'爱屋及乌'，真是千真万确。"

离开老屋旧址，径直爬坡到了我家祖坟"上台子"。那是牛栏旺里较大的一块平坦地，听老人说，是当年请风水先生选定做墓地的。我少小离家时上台子有四个坟头，分别埋葬着我老爷爷、老奶奶、大奶奶、三爷爷、三奶奶和四爷爷。如今，50年过去，又有十多位长辈长眠在这里。我走到父母坟前，不由自主地双腿跪地，对父母说："爹、娘，儿子回来看你们了。牛栏旺风景这么好，你们安心在这里住吧，儿女永远忘不了你们。"父母没有回声，只听见山风吹得坟后的树叶唰唰发响，坟头上的蒿草俯仰摇动。看完了父母的坟，又到爷爷奶奶的坟前伫立，心目中想起儿时特别爱我疼我的爷爷奶奶，泪水禁不住夺眶而出。而后，我绕坟地走了一圈，给长辈们一一行礼致哀，最后我站在坟地的常青树旁。这是一棵柏树，从我离家

• 牛栏旺祖坟"上台子"的百年常青树（摄于2014年）

时，它就有碗口那么粗，一年到头常绿，而今已过了50多年，它好似没怎么长，仅比碗口粗一些，树冠也没怎么变大，颜色还是那么绿里透着苍劲。

我惊奇这棵柏树的百年沧桑，我相信那是长辈们"忠厚、善良、勤劳、淳朴"家风留给后人的教诲，因为古语有"树大招风风撼树，人为名高名丧人"之说。

给父亲上完坟的第二天，我和二弟、三弟到了离牛栏旺有40里路的本县潮河镇菜园村。经询问，找到了掌管家谱的李为暖和李丙建。他们热情地接待并帮我们查阅牛栏旺李家一支的相关记载。从家谱得知，我的先祖名叫李庸，原籍江苏省南京六合区，明朝洪武二年（1369年），响应朝廷号召，从江苏移民到山东黄海之滨，先后在黄山峨、潮河菜园务农，并成家立业、繁衍生息。当他年迈时，已经留下了几十口人的大家庭，而且有的儿女要离开原住地外出谋生。先祖李庸为给后人留下宗族相认的信物，决定把家中的碾盘砸成四半，让四个分支的儿子一支保存一块，并嘱咐说：天下七张八李，不管你们走到哪里，要记住你们是"碾台李"。从此，"碾台李"的家谱从一世祖李庸开始，代代相续。我的老爷爷名叫李克茵，是"碾台李"的十七世祖，在大清光绪年间，随其父李玉塘（十六世祖）来到九仙山毛家河村定居务农。李克茵先祖有位哥哥叫李克蓼，成家后离开毛家河到本乡潘家庄居住。他本人长大后，娶土母峪村李氏之女为妻，也离开毛家河村到了牛栏旺。先祖李克茵夫妇在牛栏旺劈山开路、垦荒造田，点燃了牛栏旺的人间烟火。他们一生养育了四个儿子，即大儿子李建美、二儿子李建胜、三儿子李建茂、四儿子李建真。其中，大儿子成家后离开牛栏旺，搬到本县户部乡的大马鞍村居住，后又闯关东到吉林的通化、浑江等地。20世纪60年代初，老年叶落归根，又回到牛栏旺居住。三儿子李建茂，一直在牛栏旺务农，病逝于20世纪50年代初，他留下四个儿子和一个女儿。四个儿子全在牛栏旺务农，女儿嫁到九仙山后的王家大村。其中，他的三儿子李宝星在解放战争初期就代表牛栏旺的李家参军，成为中国人民解放军的战士，先后在徐向前、许世友的部队同国民党作战，参加过攻打太原和济南的战役，后因负重伤，经部队医院医治后返乡。先祖的四儿子李建真，英年早逝，留下命苦的妻子带着两儿一女艰苦度日，她不仅把自己的孩子抚养成人，而且还帮其三哥拉扯未成年的孩子。这位饱经风霜的老人是牛栏旺小山村的寿星。从我上学那时起，她是牛栏旺小山村唯一一位裹着"三寸金莲"小脚的长辈，几十年历经磨难、百折不挠，活到90多岁，才和我的四爷爷同坟共眠。

我的爷爷李建胜在兄弟中排行第二，出生于1894年，高高的个子，清瘦的脸庞，一生喜欢抽旱烟，又喜欢唱民间小调，是一位爱憎分明、诚实守信的山中老农。奶奶滕氏，是九仙山前迟家庄人。在我的记忆里，奶奶个子不太高，脸上有几个生天花留下的麻痕，因为常年有病，大部分时间是趴在炕上，炕根下放着一个大尿罐，专给奶奶方便用。儿时的我经常跑到奶奶的炕跟前看她，奶奶总是微笑着向我摆摆手，总也不跟我说话。经询问母亲得知，奶奶患的是肺痨，有传染性，奶奶怕传染了我，所以不愿让我跟她靠近。奶奶一生勤俭持家，忠厚善良、乐于助人，在亲戚、朋友及身边的亲属中享有极高的威望。所以在她去世时，参加葬礼的人很多。不管远近的亲戚朋友都来吊丧。后来，我曾问母亲："奶奶为何年纪不大就有病？"母亲告诉我有两个原因：一是拉扯孩子累的。二是被二鬼子害的。"为什么二鬼子害奶奶呢？"母亲给我讲过这样一件事：大意是在抗日战争快结束时，鬼子和汉奸（当地人称为二鬼子）闹得很凶。对共产党的胶东根据地实行残酷反扑。有一天傍晚，突然有四位八路军来到我家（其中一位是女的），说为了躲避二鬼子的追捕，想在我家住一宿。我爷爷奶奶听说是八路军的人，满口答应让他们住下，还给他们做饭吃。那位女八路和我母亲亲切交谈，问我母亲乐意不乐意参加八路军，当年我母亲只有十三四岁，舍不得离开奶奶，所以说等长大了再跟八路军走。几位八路军在我家住了一夜，天不亮就走了。过了几天，是一个有月亮的晚上，突然来了一帮国民党二鬼子，他们说八路军进牛栏旺了，让把人交出来。国民党兵气势汹汹地端着枪追问，爷爷奶奶一口咬定没见过八路军。二鬼子威胁说要把我爷爷抓起来带走，奶奶一听，吓得连连哀求，我的大伯李宝月脾气暴烈，见二鬼子如此凶残，就站出来论理，被二鬼子绑起来吊在我家牛棚的梁上，用枪柄抽打，结果还是一无所获。二鬼子走了，我奶奶因惊吓生病，倒下就没有再起来。出了那件事以后，怕国民党再来报复，爷爷奶奶商量说，不能让我大伯父在家待了，赶紧让他跑，跑得越远越好。不久我大伯父就背井离乡，带着他的情人逃荒闯了关东。

我奶奶一生养育了六个孩子，大伯父李宝月年轻时闯了关东，先后在辽西省新民县、黑龙江省讷河市务农。大约是1954年曾回家看望爷爷奶奶，临走时买了一支火枪，说到东北打猎用，从此以后我再也没见他回过山东。三叔李宝先于20世纪60年代初到东北投靠大伯父，后在黑龙江省汤原县木工厂当工人，直到退休。我的三个姑姑在家乡出嫁，大姑嫁给日照县十里铺的贺家，二姑嫁到五莲县王世疃梁家，三姑嫁给本乡前苇场的郑家。三个姑姑小时候都当过放牛娃，常年与牛一起奔走在牛栏旺的沟沟坡坡。三姑和我拉家常时，

• 在牛栏旺老屋窗根为母亲拍照（1975年）

曾多次讲她小时候放牛的事。三姑说："牛栏旺这么多山，没有一块是咱家的，都被山东坡和山前牛家官庄、老君堂、河东、迟家庄等有钱人占去了。咱家几辈人为他们看山，秋天他们派人来割草，砍松枝，砍菠萝，如果他们的草场被别人割了，就会少给或不给咱们一年的报酬。""山外有钱的人家都有耕牛，春秋两季用牛耕种，其余时间都送到山上来让咱家给他们放养着，他们每年给咱家一些粮食、油盐、粉条等好吃的东西，如果母牛生了牛犊，还会多给些东西。但如果牛摔伤或死了，不仅得不到报酬，还要扣下一年的东西。我跟你爷爷放牛遇到的事可多了，也挨过不少打，都是因为没看好牛。其中有一年，从山东坡上来一个人，说要赶走他家的牛，我不认识这个人，不让他赶，那人强行把一头牛牵走了。我急得在山上大声喊你爷爷。你爷爷听说后，急忙跑上山，从山尖上朝老君堂方向望去，正好看见那人已经下山，你爷爷急忙带人心急火燎地追，一直追到叩官才追上，确认那人是冒充的，是偷牛贼。那件事把我吓坏了。虽然挨了打，但让我长心眼了，之后再也没发生过丢牛的事。"当我问三姑，当年放多少牛时，她说："没有确切的数，少的年份有七八头，多的年份近二十头。每年接牛送牛都是男劳力去，每年砍柴、割草也是男劳力干，我和你母亲、二姑等轮换着给他们送水送饭。平时，你的几个爷爷带着一帮儿子开荒种地，牛栏旺的梯田都是他们开的。"说到此时，三姑的眼睛湿润了，心酸的鼻涕也流出来了，她一边拧着鼻涕一边说，"当年可把他们累死了。那个年头，实在是苦啊！"

牛栏旺的前两代人（我的曾祖父及其子女）是开拓者，是牛栏旺小山村走向兴旺的奠基人。到我父亲及其堂兄弟们长大时，牛栏旺已经有几十口人了。特别是1942年，共产党把革命的火种点燃五莲山时，我的父辈才盼来了救星。"铁心跟着共产党走"，是我家父辈由衷而发的心声。五莲县是老解放区，家乡父老为支持抗日战争做出过重大贡献，我的长辈在宣王沟村妇救会、民兵连的组织下支持八路军打日本鬼子，解放战争时期又踊跃参军打国民党，踊跃"支前"背伤员、抬担架。记得我在读四五年级

的时候，个子长到 1 米多，有时站在炕上伸手摸房梁上爷爷放的好吃的东

・我、贵森、贵明在秦皇岛留影（1987 年）

西。有一次，突然摸到一个硬东西，拿下来给母亲看，母亲吓得不得了，急忙从我手里夺过去，说这个东西不能动，这是手榴弹。我好奇地问手榴弹是从哪里来的。母亲告诉我说，那是我父亲在孟良崮战场上立功得的。母亲又从木箱里找出奖状让我看，我记得是一张写着"奖给李宝店同志荣立个人三等功"的奖状，落款有两行字，上一行是某军分区，我记不清了，下一行是藏马县人民政府。儿时的好奇心让我刨根问底，母亲告诉我说：那是 1947 年孟良崮战役的时候，我们家乡村村都有"支前"任务，我父亲代表我家也到了前线。父亲年轻力壮、思想积极，在救伤员抬担架中特别活跃，一面来回跑着抢救，一面大声宣传鼓动，多次受到表扬。有一天早上，他在一个部队医院驻防的村里，遇到一群人排着队在水井旁等着挑水，水井口围着几个人急得团团转，父亲走近一问，是水桶脱钩了，父亲凭着他打水的经验，不但把钩子挂住水桶，而且又娴熟地把水提了上来，周围的人都让父亲帮他们打水。因为从深井里打水是一个技术活儿，要凭手对

绳子的掌控能力，把水桶放倒，让水灌满后再提绳子。绳子和水桶之间靠一个活的钩子钩着，很容易脱落。许多南方人没有打井水的经验，经常会把水桶掉井里。父亲一连帮助很多人打了水，却耽误了自己的事，回去后被领导批评了一顿，当领导听父亲解释之后，派人做了调查，果然听到许多人说确有其事，

• 母亲、三姑与李樱在山东老家合影寄来的照片（1976年）

特别是部队医院的人非常感谢，说正在找这个人，准备为他请功。因为许多伤员都等着用热水擦身换药，洗衣物，派去挑水的人不会打井水，把水桶掉到井里。经过调查，批评父亲的领导不但向父亲道歉，而且还为父亲请了三等功。除了立功奖状外，还奖给父亲两条日本的马裤呢军裤，另外还发了一个手榴弹，说是遇到敌人时用来防身。父亲支前结束回来后，村

党支部批准他加入中国共产党。两条马裤呢裤子裤腿又粗又长，而且非常结实，成了我家装粮食用的大口袋，一直用了好多年都没坏。

每每说起父母，我禁不住心情沉重，难以控制，他们属于牛栏旺的第三代人，饱尝了人间的辛酸苦辣，一辈子面朝黄土背朝天，上要孝敬老人，下要抚育五个孩子。特别是供我上学十二年，情比山高，恩比海深。记得1981年父亲到秦皇岛小住期间，我曾和父亲边喝酒边做亲情交谈。当我感谢父母为供我读书吃了太多的苦时，父亲淡淡地说："你读书识字是命中带来的，做爹娘的必须支持你上学念书。"问其究竟，父亲说，在我满一岁时，按老家的习俗，要测测孩子将来的前程。在炕上放了秤杆、算盘、钱、书等几样东西，看我先拿什么，如果先拿秤杆，说明将来是做买卖，天天摆弄称；如果喜欢算盘，说明长大是当账房先生的。结果我首先奔着书去了，把书抓住不放。由此，在父母的心里就相信我是念书的命。1960年的灾害极其严重，周围村庄的多数孩子都辍学了，只有我还坚持上学。父母从来没有动摇供我上学的信心，用父亲的话说，就是"只要你愿意念，砸锅卖铁，也要把你供养到底"。父亲小时候不会推磨，抱起棍围着磨转，一会儿就晕得头痛，但我清楚地记得，为了给我上学做煎饼干粮，父亲和母亲一起在凌晨五六点钟就把煎饼糊磨好了。有时我看到父亲推完磨后跟跟跄跄几乎晕倒。

我母亲王氏，是本县潮河镇人，不到十岁时父亲因病去世。我的姥姥带着三个未成年的孩子，难以生存，她选择了改嫁，想借助另一个男人的力量抚养三个孩子，但另一个同是农民的男人也难以养活三张只能吃、不能干的半大孩子。姥姥只能为三个孩子找出路，给当时16岁的大女儿找了婆家，嫁给本地叩官庄乡大槐树村的芦家。把不到十岁的儿子（我的舅舅王克顺）送给五莲山寺院当勤杂工。把十二岁的二女儿（我的母亲）托亲戚送到九仙山里的牛栏旺，让我奶奶养着，说如果养活了，就让我奶奶做主给我的某一位叔辈做媳妇。我母亲在我家和我三个姑姑一起长大。三年后，母亲和长她八岁的二哥（我的父亲）结为夫妻。1946年的冬月，十六岁的母亲把我带到了这个世界,因我来得早,奶奶说我自己带来了乳名。后来的弟弟们随着我的乳名开始,跟来、全来、群来……多数都与来字有关。

20世纪50年代,是牛栏旺发展的鼎盛时期。小山村已有七个独立家庭,家家都有了自己的房屋、土地和家畜。每天晨起,炊烟袅袅,雄鸡报晓;一到傍晚,牛羊进圈,鸡鸭入窝,一派安静祥和的气象。特别是随我之后相继出生的弟弟妹妹们的到来,给长辈们带来了欢乐和希望。1952年开始,小山村成立农业生产互助组,三四年后又响应党的号召参加了宣王沟村农业生产合作社,动用各家的人力和畜力,集体春耕夏锄、秋收冬藏,农闲季节多集中劳力为山村修建道路,兴修小水库。封山育林,集中放牧,让家家户户尝到了集体力量的优越性。牛栏旺小山村的面貌也发生了很大的变化,层层梯田经过集体力量的新建扩修,地块变大,地面更平,农作物的种植也更加多样和优种优育,粮食产量年年提高。我记得小时候,年年要吃国家下发的"救济粮",经过农业合作化道路之后,小山村已经不靠国家发"救济粮"了。我家的粮囤、粮食口袋里,常年都有五谷杂粮。长辈们开口闭口总说"合作化道路是老百姓过好日子的幸福大道"。我还记得,50年代中期,长辈们经常参加"出扶子"(出工出力的义务劳动),比如有时去山外修公路,有一年到高密修飞机场,有一年到长城岭修水库等。他们都带着铁制家什,背着一大包煎饼,一去就是几天甚至更长时间。新中国成立后,牛栏旺小山村的第四代人口在迅速增加,贵森、贵兰、贵梅、贵新、贵好、贵祥等弟弟妹妹们相继出生,一个接一个地走进学堂,终结了牛栏旺人目不识丁的历史。当我小学四年级能给"闯关东"的大伯父写信时,爷爷乐得不得了,说:"过去写封信要到宣王沟村求人写,又麻烦又别扭。现在我大孙子能写信了,有文化就是好,共产党就是好。"当我读初中能为牛栏旺小山村写春联时,长辈们都夸我字写得好,有出息,并鼓励我好好念书,将来当个"脱产干部"(即正式领工资生活的国家工作人员)。

1958年国家开始搞"总路线、大跃进、人民公社"三面红旗,山东在

推行过程中出现了许多盲动和浮夸,好似"人人平等、各取所需"的共产

•自左起:贵明、贵堂、贵森兄弟三人在七宝山金矿贵森家留影(1991年)

主义马上就会实现一样。为了大炼钢铁,家家户户要把铜盆铜锁、铁锅铁罐全都上交。记得我家有一个洗脸用的铜盆,好像是奶奶带来的一件嫁妆,还有柜子、箱子上的铜制锁片全都拧下来上交到人民公社。家里原有两口铁锅,大锅被砸碎上交炼钢铁,只留下一口小六印锅。时年人民公社实行大食堂政策,宣王沟村决定让黑牛场、牛栏旺、砲台沟三个小山村的住户集中到宣王沟村居住,每天到大食堂吃大锅饭,一时间闹得鸡犬不宁。我家被安排在两间空房子里(房主闯关东走后留下的旧房),少这缺那,生活极不方便,晚上一家人躺在凉炕上,人在宣王沟,心还想着牛栏旺……值得高兴的是,那种"共产风"没过多久,就被纠正了,大食堂散伙了,各家又再起炉灶。牛栏旺小山村的七户人家又搬回老房居住。

1978年当我再一次回乡探亲时,牛栏旺小山村已经不存在了。七户人家流落东西。宝平大叔去了叩官的贾家庄,宝明二叔去了丁家楼子,剩下

的五户又集中到宣王沟村居住。从清朝光绪年间步入牛栏旺的十七世祖开始，经历中华民国38年，又经历中华人民共和国成立近30年，牛栏旺小山村四代人，前仆后继，披荆斩棘，留下了光荣，创造了辉煌。我是在牛栏旺出生的第四代的长子，遵循长辈的谆谆教导，18岁考入北京国际关系学院读大学，毕业后服从国家分配，步入仕途。二弟李贵森，在我读大学期间光荣入伍，参加中国人民解放军，后复员回县，到七宝山金矿工作，直到退休。继贵森之后，又有贵臣、贵军等弟弟先后入伍当兵。在牛栏旺出生的最小的堂弟李贵进，尚未成年就外出打工，

• 父亲和我全家合影留念（1987年，摄于秦皇岛）

博弈在改革开放的商海，凭聪明才智，成为在诸城小有名气的企业家……如今牛栏旺小山村的第五代人都已长大成人，从事的行业更宽，足迹遍布的地区更远。按家谱辈分的排序，他们应该是"碾台李"的第二十一世"为"，之后是二十二世"吉"，二十三世"金"，二十四世"清"，二十五世"相"，二十六世"焕"，二十七世"在"……

牛栏旺小山村，从无到有，历经百年，又从有到无。小山村已经回归自然，消失在绿水青山中，在牛栏旺出生的李家人只能把昔日的山村珍藏在心间，成为永久的回忆。就个人来说，有些凄凉，但就大局而言，乃是社会的进步，正是农村向现代化迈进过程中的必然历程。我为它欢呼，为它祝贺，欢呼农村改革的好政策，祝贺九仙山国家森林公园发展得更富庶、更美丽。

# 终生爱学习　年老志不移

读书是我一生的爱好，从幼年识字开始，就喜欢翻阅各种书籍。我不是书香门第出身，但长辈们对我的启蒙教育，尤其是劝我读书的名言是一套一套的，诸如"万般皆下品，唯有读书高""书中自有黄金屋""少壮不努力、老大徒伤悲""一寸光阴一寸金、寸金难买寸光阴""只要功夫深、铁杵磨成针"等，都是长辈们经常在我幼稚的耳朵边念叨的。现在想来，得益于山东是孔孟的故乡，千百年来文化底蕴深厚，读书氛围浓烈，即使大字不识的农民也受到孔孟之教的熏陶，教儿育女、人情世故的道理，出口成章。正是这良好的启蒙教育，助我一口气寒窗十七年，从未偷懒和动摇。参加工作后，四书五经类的书读得少、专业书读得多，但一有入学读书的机会，我总是不放过，不论是学政治、学理论，还是哲学历史，我都是积极参加、认真学习，不浪费每一次充电、加油的机遇。回想起来，先后又进了近十次学校或学习班。如1983年天津大学教授授课的日语培训班、

1984 年开始的中国政法大学举办的律师函授、20 世纪 90 年代两次秦皇岛市委党校短训班、公安大学举办的政工业务培训班等，我都专心学习、受益匪浅。

2006 年底，年满 60 岁，按国家规定光荣退休。年虽花甲，身体尚好，既然不能继续为国效力（青年时代我们曾有为党工作 50 年的誓言），那干点啥好呢？环视四周的退休族，有的从事第二职业，继续挣钱养家糊口；有的饱食终日无所事事，沉溺于"垒长城"搓麻将；也有不少迷恋电脑，下棋、玩游戏、看段子；另有不少对文体或垂钓有兴趣的，或练拳、玩球、或养鸟、钓鱼……还有一部分人报名参加老年大学继续深造。我选择了后者，在老伴的大力支持下，我先后成为秦皇岛市老年大学书法班、二胡班、声乐班的学员，每周有三个半天到老年大学上课学习。理念就是活到老，学到老，"老有所学、老有所乐"。

秦皇岛市老年大学，始建于 1986 年，由一群热爱书画的离退休人员自发组合在一起，上找市四大班子领导请求支持，下找自己的亲朋好友"化缘"，租教室、找桌椅、请老师，本着"增长知识、丰富生活、陶冶情操、促进健康"

的目的，为离退休老干部创建了老年人的学习家园。秦皇岛历届市委、市政府对老年大学始终给予关心和支持，学校的建制规模、经费保障、助学政策等日趋规范完善。学习的科目也越来越多。特别是 2006 年，在庆贺老年大学创建 20 周年之际，市委、市政府决定出资新建秦皇岛市老干部活动中心暨秦皇岛市老年大学，在市中心的黄金地段，建筑面积 17240 平方米，

五层教学楼，各功能的教室配备合理，可同时容纳千名学员上课。这所地理位置优越、交通便利、设备设施齐全，堪称全国一流的老年大学于2009年投入使用，有包括书画在内的40多个专业，如声乐、器乐、民族舞、交谊舞、形体、健身、电脑、摄影、语言文学、中医中药、养生保健等。教室内冬有暖气、夏有空调，四季舒适温馨，吸引了从花甲到耄耋之年的大批老年人到此学习。每学期在校学员约5000人，每年结业1500人左右，为新时期社区文化建设培养了一批又一批的骨干力量。

我是秦皇岛市老年大学新校区的第一批学员，一直在书画系的书法班研习书法。因为书法是我儿时的挚爱，小学时代有毛笔的写仿课，我非常喜欢，写仿作业本上得到老师红笔画圈的比例远远多于一般同学。每年春节，我挨家挨户地看春联，被那些乌黑发亮、笔画优美的书法迷得废寝忘食。记得有一年正月去舅父家拜年，途经老君堂村，被一户人家的春联吸引，一直站在人家大门

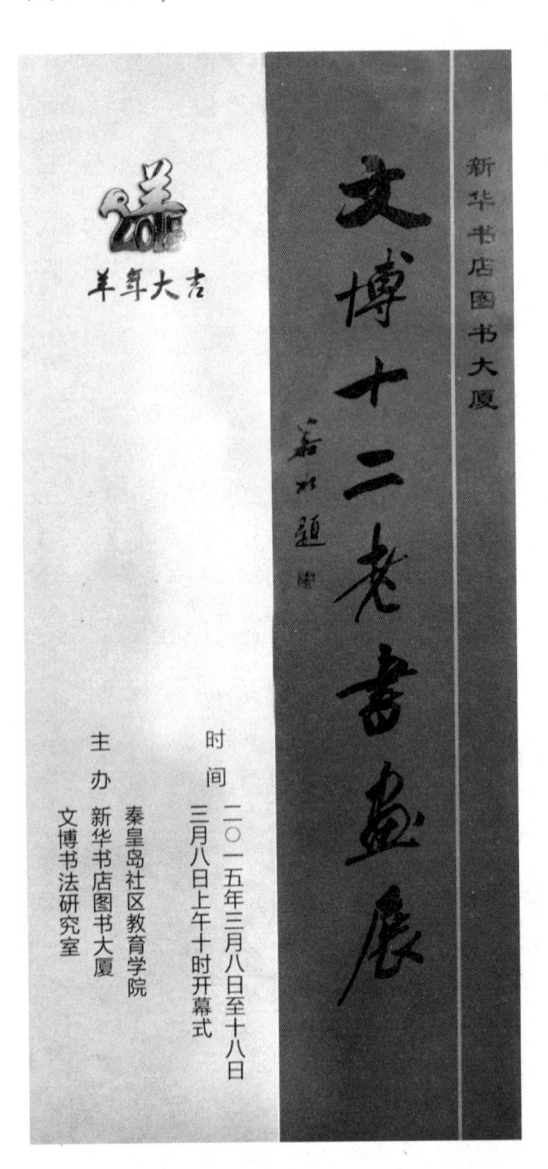

• 文博十二老书画展宣传册页。秦市书协常务副主席乔海光先生（艺名若水）为我们的书画展题写展名（2015年）

口看了好长时间不舍得离开，回来时又特意到那家门口站着不走，引来主人及邻居盘问。当时不知道那种书体是颜体楷书，只觉得它笔画特别，看

起来特别饱满厚实、团劲有力。后来山东又流行舒同体，大街上的标语，小报的刊头及标题，许多都是舒同体，当时我知道舒同是山东省委书记，不知他是中国工农红军队伍走出来的著名书法家。舒同体源于颜真卿书体，所以舒同体成为我中学时代最喜欢模仿的字体。

参加工作后，枉有学习书法的愿望，但没有条件，也没有时间，因为几十年都是早晚为孩子忙碌，八小时以内为工作拼命，倘若在工作时间练书法，会被视为不务正业。退休了，有一种被"解放"的感觉，自己可以自主地支配时间，选择喜欢做的事，自由地发挥自己的一些特长，实现儿时的梦想。选择到老年大学学习就是我退休"思想不衰，知识不减"的理想去处。

我在老年大学书法班遇到的第一位老师是李杰，他年纪不大，时年不到40岁，但习书的历史已近20年，作品在省、市及全国书法展中几十次获奖，是秦皇岛市最年轻的中国书法家协会会员。他的书法基本功扎实，涉猎的书体很多，楷、行、草，样样娴熟，魏碑造诣更深。古人云："书如其人。"李杰老师的人品非常正，教学认真，待人和气，有问必答，诲人不倦。他非常尊重我们这些年纪大的"叔叔阿姨"，毫不保留地传授着书法及涉及书法的相关知识，热情地支持我们临创结合，积极投稿，参加各级书法赛事。我在他的鼓励下，在临摹法帖的同时，尝试创作，把他布置的作业都以书法作品的要求认真准备，所以进步较快。学书法第二年就在老年大学的书法比赛中获奖。2008年，我用行书书写的书法作品先后两次在秦皇岛市举办的书法赛事中获优秀奖；还在全国总工会和中国语言文学学会举办的书法赛事中获鼓励奖。这些参展的成果进一步激发我的学书热情。我边学边用、临创结合的学习方法被老师和本班学员认可，不久就被推选为书法班的党支部书记，之后又任班长，一干就是十年。十年间，在李杰、高文学、邹红喜等老师的悉心指导下，我们从二王（王羲之、王献之）开始，先后研习欧阳询、苏轼、米芾、赵孟頫、王铎及怀素等先贤经典法帖，积极参加各级书法赛事，人人都有很大的进步，个个都得过不少奖。就我个人而言，从 2009 年至 2013 年五年间，获奖六十多次，主要奖项为：

◎ 2009 年 6 月，参加在江苏南京举办的"第三届民族情全国书画艺术大赛"获金奖。

◎ 2009 年 6 月，参加在北京举办的"南浔杯全国老年书画展"获优秀奖。

◎ 2009 年 9 月，参加在北京举办的"第五届金鼎奖全国书画美术大展赛"获金奖。

◎ 2009 年 10 月，参加河南举办的"第五届中华杯共和国六十华诞全国书画大展进上海"获铜奖。

◎ 2009 年 12 月，参加湖南举办的"全国首届湘中书画电视大赛"获优秀奖。

◎ 2010 年元月，参加在湖南举办的"华夏香魂、千古梅颂全国书画大赛"获金奖。

◎ 2010 年 4 月，参加在湖北举办的"第三届全国扇面展"入选。

• 在湖南长沙参加书法颁奖交流会（摄于 2013 年）

◎ 2010 年 6 月，参加在北京举办的"纪念毛泽东民族团结题词发表六十周年全国书画作品邀请展"获金奖。

◎ 2010 年 6 月，参加河南"吴道子故里全国中老年书画家'画圣杯'大展赛"获金奖。

◎ 2010 年 6 月，参加北京"魅力世博·中华国粹题赠艺术大赛"获创新作品奖。

◎ 2010 年 7 月，参加在内蒙古举办的"第十三届当代书画家作品邀请展"

获优秀奖。

◎ 2010年8月，参加"全国老年教育第二届书画摄影展"获优秀奖。

◎ 2010年9月，参加在陕西举办的"首届兵马俑杯国际书画大赛"获铜奖。

• 文博十二老书画展一角（摄于2015年）

◎ 2010年9月，参加在北京举办的"第六届金鼎奖全国书法美术大展赛"获金奖。

◎ 2010年10月，参加在北京举办的"首届海峡两岸书画交流展"获金奖。

◎ 2010年10月，参加在北京举办的"盛世杯全国书画大赛"入展。

◎ 2010年11月，参加在湖南举办的"光辉历程·向党的九十华诞献礼全国中老年书画展"获金奖。

◎ 2011年9月，参加"纪念辛亥革命100周年暨中国共产党建党90周年全国书画邀请展"获金奖。

◎ 2011年10月，参加在青岛举办的"庆祝建党90周年'七彩华龄'全国老年书画展"获优秀奖。

◎ 2011年，参加在北京举办的"永远的丰碑·纪念毛泽东、朱德、周恩来逝世35周年暨中国工农红军长征胜利75周年全球华人书画名家作品展"获金奖。

2011年12月，参加"光辉岁月·中国老年书画名家作品展"获金奖。

2012年3月，参加在河南举办的"唐诗印象·首届全国专题书法艺术展"获提名奖。

2012年5月，参加在南昌举办的"八一杯中国南昌第八届文学艺术大奖赛"获书法一等奖。

◎ 2012年6月，参加在河南举办的"第二届全国专题书法艺术展大赛"获"宋词书艺百强"提名奖。

◎ 2012年9月，参加"第二届全国楹联书法篆刻大赛"获"联墨百杰"提名奖。

◎ 2012年5月，参加在北京举办的"东方美·全国诗联书画大赛"获书法一等奖。

◎ 2013年元月，参加在北京举办的祝贺神八和天宫一号对接的诗词及书法被收入《中华国粹人物年鉴》。

◎ 2013年3月，参加"梅花报春·第四届全国诗书画印四绝大赛"获书法创作一等奖。

◎ 2013年4月，参加在北京举办的"纪念毛泽东诞辰120周年毛泽东诗词全国书画大赛"获金奖。

◎ 2013年9月，参加在湖南举办的"纪念毛泽东诞辰120周年全国书画作品展"获金奖。

在这些有收获的作品中，主要书写内容是毛泽东诗词和唐诗宋词，也有我个人应邀而作的诗词，比如，2010年为迎接上海世博会的举办，我应邀为"魅力世博会·中国国粹题赠艺术大赛"撰文并题写了"龙门对"，上联是"和谐世博园广厦万间先得月"，下联是"喷薄东方旭明珠一点与争光"，中间小字落款为"我国办世博，是继北京奥运之后中华民族最大盛事，世界瞩目，炎黄子孙引以为豪。在百花竞放，神州举国欢腾迎世博之际，谨为上海世博会而作，庚寅年李贵堂"。2010年第十六届亚运会在我国广州举办，为表示个人的兴奋之情，特作词《临江仙》一首并以行草书写成六尺条屏寄出，此作被收入《中华百年国粹》书画集。词文如下："点染秋色欲何求？羊城彩溢光流。缤纷盛锦簇越秀。白云犹起舞，珠水亮歌喉。亚运花开一十六，激情振奋神州。华夏健儿早翘首。沙场多折桂，

•在文博十二老举办的"中国梦·劳动美"书画展现场（摄于2016年）

更将和谐留。"又如，2011年，我国航天科技实现重大突破，在喜迎神八对接天宫一号前夕，我自填"酒泉子"词一首以示祝贺，在庆祝中国人民解放军建军85周年之际，作品参加在全国政协礼堂的书画展，并入编作品集。此文如下："秋塞肃云，犹接九霄生辰。虎从风，鹏振翼，举千钧。世人昂首望祥氛，神八蓄时待进。对天宫，迎碧月，著奇文。"在学习书法的渐进过程中，我边学技法，边学习古典诗词的相关知识，将书法和国学结为一体研修。既能加深对古代书法经典的理解，又提升了自己的思想境界，力求人品、书品齐修。如在书写唐李商隐的无题诗"春蚕到死丝方尽，蜡炬成灰泪始干"时，仿佛步入两个绝妙的意境，看到春蚕一生都在劳动，到死吐丝不止。看到蜡烛烧尽自己而把光亮留给人间。只有对春蚕和蜡烛怀着崇敬的心情，领悟春蚕和蜡烛的忘我牺牲精神，才能对这十四个字注入自己的情怀，笔下才会熠熠生辉。有人说，书法家只为写字，不要管写啥内容，我认为是片面的。这也正是不计其数的学书者天天"堆纸"，十年二十年仍出不了帖的原因所在。不理解汉字的意义和结构，不领悟其在文中的地位和作用，不把自己的性情注入其一点一画、一撇一捺，怎能写出法意结合的好作品呢？又怎能把一本本、一篇篇优美的经典书法变成自

• 文博书法研究室部分成员在"中国梦·劳动美"书画展览现场留影（后排右起第二人是我）

己的东西呢？所以，我同意有些前辈关于书法有三大支撑点的指导思想，即人品、学问和技法。人品是书法成功的决定因素，学问是基础保障，在此基础上，加上精湛的书写技法，才会写出血肉丰满，具有艺术感染和穿透力的上佳作品。

　　一分耕耘必有一分收获。在学习书法、参与传承和创新的实践中，我得到了一次次物质的奖赏，同时得到一次次精神上的硕果。"中华文化和谐使者""中国当代金奖艺术家""讲团结、促和谐艺术功臣""海峡两岸文化大使""爱党爱国功勋艺术家""共和国红色传承书画名家""中华爱国书画名家""宋词书艺百强""联墨百杰"等一系列荣誉称号，来自神州万里、大江南北。有人说，这些称号没什么用。对此，我也有自己的见解。全国成千上万的文化组织和团体，绝大多数都是一些有识之士创建成立的民间组织，他们潜心弘扬中国的传统文化，鼓励和发动国人喜欢

汉字、学习书法，他们为全国的书法爱好者搭建艺术交流的平台，举办各种展览和讲座，评审各种奖项，授予相应的荣誉称号，对广大书法爱好者来说，是一种极大的鼓舞和鞭策，会激发书法爱好者的学书热情，更多地带动群众，提升文化修养和精神文明素质。试想中国只靠一个书法组织，一年办几次展览，再办两个刊物，能满足全国书法爱好者的需求吗？若按有用无用的观点来说，即使是中国书法家协会会员，它也是群团组织，一不能为会员发工资，二不能为中奖者晋升职级，中书协会会员的头衔也只是认可那位书法爱好者的书艺水平而已。更何况，一枝独秀不是春，只有百花齐放才能春满园。我们要珍视各种学习机会，从最基层的活动开始，一步步提高水平，实现自己心中的梦想。我在学书过程中，结识了好多名家和朋友，大家见面三句不离本行，谈文化、谈书法，共同的爱好穿起了一个个朋友圈，一个个微信群。2014年，我和几位书友共同发起，成立了一个学习书法的小组织——文博书法研究室，制订了共同的学习计划，大家按时到学习地点交流学书体会，共同欣赏或学习书法名家的作品或著作，现场互相点评作业，共同商定书法进社区公益活

· 我在自己的书法作品前留影（摄于2016年）

动和参加各级书画展等事宜。一个人的力量是有限的，集体的力量无边无垠，文博书法研究室的十二名成员，通过参加各项书展和开展一系列公益活动，既增长了书艺，又为社区做了不少好事。2015年春节之际，我们在秦皇岛市中心区域的图书大厦展览厅举办了"文博十二老书画展"，市文联、市书协、市社区教育指导中心、市老年大学、市老年书画研究会等单位的领导莅临祝贺和指导，秦皇岛电视台在"新闻联播"中充分肯定我们的学习精神和书艺水平，秦皇岛晚报也派记者采访并报道了"文博十二老书画展"的盛况。秦皇岛广播电视大学暨秦皇岛市社区教育学院的领导对文博书法研究室的活动十分钟爱和支持。经过调查了解，决定将文博书法研究室作为秦皇岛社区教育的一个基地挂牌。从此，文博书法研究室的各项活动内容更丰富、更新颖，活动的效果更有效、更明显。2015年底，文博书法研究室所在的

• 在"在水一方"社区为孩子们讲授书法时的照片（摄于2016年暑假）

文博城社区被评为河北省社区教育试验基地。

老年大学的学习，充实了我的生活，丰富了我的知识，扩大了我的朋友圈，提高了我的生活质量。2008年我被秦皇岛市书协接纳为会员，2010年又申请加入了河北省书法家协会。同时根据参加各地书法比赛获奖的成

•2016 年 4 月在"世界读书日"纪念活动现场书写的扇面

绩又被十多家书画组织吸纳为会员或应聘艺术职务，如中国老年书画研究会会员、中国文人书法家协会会员、中国书画家协会会员、中国书画研究院研究员、内蒙古书画研究院特邀书画家、中国书画艺术创作中心、画圣吴道子艺术馆馆员、艺术顾问等。

路漫漫其修远兮，吾将上下而求索。

求索的途径主要有两条，一是系统地学习书法历史及书艺理论，二是向更多的书法名师请教。2014 年我参加了燕山大学艺术与设计学院暨马永林书法工作室首届学习班，学制一年，耳濡目染马永林老师对书法的挚爱和对艺术的严谨态度，从书法的细微之处学习古人的技法，领悟书法博大精深的艺术魅力。结业之后，2015 年 12 月，经书友引荐，又参加书法名家马玉宝先生创办的全国百人百日临名帖第三季的学习活动（简称百日临），历时三个多月，通临篆、隶、楷、行、草五种书体的 25 个经典名帖及两次笔会交流，开阔了眼界、增长了知识、结交了朋友、提高了书艺。在百日临成果展览期间，我作为学员代表，接受了中国书法家网、中央电视台书画频道等多家媒体采访，畅述学习收获及感言，特别是通过与多位全国有名的实力派书法名家面对面交流学习，进一步提升了对艺术的审美标准，进一步看到了自己在书法创作中的差距，进一步领悟到"艺无止境"的真理性。认识到差距就等于前进了一步，我按照名师们的指教，总结自己学书成败，找出问题的症结所在，写出了多篇学习心得，在燕山大学、东北大学秦皇岛分校学生会组织的交流会上分享给年轻的书法爱好者，受到他们的赞赏。经过整理后构织多篇文章作为交流使用，也得到同行们的褒奖，其中，我在山海关老年大学做的"老年书法创作漫谈"，经删改后，投稿于中国老年书画研究会的会刊《中国老年书画报》。2015年8月18日《中国老年书画报》以题为"老年书法创作亟待改进的几个问题"为题刊登了我的文章（参见附件1）。自2015年初开始，文博书法研究室针对自己的弱项加强了对书法理论的学习和研讨，我在学习中做了两次重点发言，书友们给予热情鼓励和支持，有的提议让我整理成文字书稿分发大家。此建

• 在秦皇岛市中小学书法绘画篆刻大赛现场为学生和老师讲解书法知识（摄于2015年）

议启发了我的写作灵感，为何不把学习书法的基础知识及学书体验写成通俗易懂的文稿印发社区的书法爱好者呢？印书需要资金，也需要通过一些相关手续，当我把初步打算向秦皇岛广播电视大学暨秦皇岛市社区教育学院党委书记秦寄翔先生汇报时，得到秦先生的赞赏和支持，并称："秦皇

岛市社区教育指导中心正在组织编写社区教育系列丛书，书法这一块，文博书法研究室可以组织编写，争取两个月内完稿。"我和研究室的另两位负责同志商定后，决定接受重任，以马不停蹄的精神分头查阅资料，搜集素材，去粗取精，多方印证，经过我和王进祥先生20多个昼夜忙碌，初稿按时完成，随后进行修改补充，终于形成了"书法常见名词术语""书法的五大书体""书法作品幅式""书法的四大法则""书法的文房四宝""书家的书外功夫"六章三万多字的社区教育《书法知识读本》。读本与其他内容的丛书一并印刷，于2016年11月面向全市基层社区发放。在编写读本过程中，因时间紧任务重，我废寝忘食地阅读了十几本书法名著重点章节，随时摘录，编写了近五万字的读书随笔，从中归纳整合，分类细化，终成简明读本初稿。我为此书写了导言《汉字与书法》，简明扼要地介绍了汉字与书法历史演变及艺术魅力，意将读者引入热爱国学、喜欢书法的学习道路，在读本最后，我们又将书法的演革和历史朝代结合为一体，尝试性地编写了附录，让书法爱好者通过表格形式对各朝代的书法主流书体、主要载体、代表人物等相关内容一目了然。为了让书法爱好者更全面地认识和了解书法家的成长之路和应具备的素质，我结合自己的学习，编写了"书法爱好者的字外功夫"一章（参见附件2）。

在掌握了一些书法知识和成功参与一些社会公益活动之后，时时又被"老有所为"的任务趋之若鹜。有的社区邀我为书法讲座讲课，有的社区寒暑假期间邀我为学生们当书法培训班的老师。有的民办书画学校邀我任教等。面对这个基层单位的邀请，我本着"公益、不要报酬"的原则，只要时间允许，尽量满足对方的要求。如2015年夏天，我所居住的金龙花苑社区拟组织社区党员上一次党课，他们知道我在职时任过公安局的政治部主任，于是找到我，想让我给讲一次加强廉政建设的党课，我二话没说，接受任务（参见附件4）。2016年暑假期间，在水一方社区邀请我为"墨香四溢书法课堂"讲课，我愉快地接受任务，针对孩子们的特点准备了讲课提纲（参见附件3），受到孩子们的热烈欢迎。2016年5月，为纪念世界读书日，秦市组织了内容丰富多彩的文化娱乐活动，主办方请文博书法研究室成员参加并为获奖群众书写一些书法小品，我在现场用自带的扇面纸，书写了十多张励志诗词，作为奖品发给参赛群众，既活跃了活动氛围，又鼓励居民热爱读书、喜欢书法，受到主办方领导的好评。2016年初，我被河北省社区教育指导中心、河北省成人教育协会评定为2015年度河北省"百姓学习之星"，之后又被推荐参加全国的评比，被全国全民终身学习活动周工作小组等部门评为国家级"百姓学习之星"。在接受记者采访时，我曾表示："我是党培养出来的知识分子，我的知识属于党和人民，在党和人民需要的时候，我会毫不保留地、无偿地奉献出来。"就我个人而言，虽然年届七十，仍还在学习的路上。我心中的座右铭是"要多读书，读好书，读书是成功的开始，它永远没有终结"。活到老、学到老，是我终生的信念。

书山有路，学海无涯。我年满七十，仍在书山攀登，仍在学海泛舟。"老骥伏枥，志在千里，烈士暮年，壮心不已"，三国孟德，乃我师也。

2016年9月4日

附件1：《老年书法创作亟待改进的几个问题》
附件2：《书法爱好者的字外功夫》
附件3：《墨香四溢书法课堂首课用稿》
附件4：《共产党员要从自身做起、营造良好的廉政社风》

# 附件一：老年书法创作亟待改进的几个问题

目前，老年书法创作中存在诸多问题：一是起、行、收太简单，笔法不到位。二是自己的东西多，帖里的味道少。三是虚线缠绕太多，貌似流淌，实则油滑。四是墨色单调，五色之墨仅存一色。五是笔法单调，线条雷同。六是章法平淡，缺少精彩之处。七是书体混杂，气息不畅。八是四面留边，缺少张力和大气。九是名章又大又方，"官印"用错了地方。十是落款草率或与正文书体不和谐。总之，品位不高，艺术含量低，感染力不强，自己不满意，更不被行家看好。在此，我愿把近年来领悟到的一些心得体会分享给老年书法爱好者以做参考。

## （一）转变观念　与时俱进

首先，要转变"能凑合就凑合"的观念。不少老年人舍不得花钱，用最廉价的毛边纸，用最便宜的毛笔和墨液练书法、搞创作。为了参赛投稿，咬牙买几张三元或五元一张的宣纸，写三遍选一张投出去。这种材料材质，不会出好效果。有的毛笔头秃了的舍不得换，怎能展现笔尖动作的魅力和书艺的精巧？有的不刻艺术名章，还用上班时当局长、科长、厂长、工程师的名章，与书法艺术风马牛不相及。所以建议老年朋友，在学习书法的有限之年，要转变观念，与时俱进，该省的地方不浪费，该花钱的时候也要慷慨出资，不要凑合，把我们的书法"行头"提高一个层次，让"文房四宝"也能为我们的作品增光添彩。

•2016年4月为"世界读书日"纪念活动现场书写圆扇小品

其次，要转变偏爱荣誉、盲目追风的观念。进入21世纪以来，随着经济发展和人民生活水平的提高，文化市场空前活跃。各级书法赛事层出不穷，入展获奖的门槛又比较低，极易打动老年书法爱好者的心扉，不少人就忽视了基本功的训练，一门心思跟着书展跑，把一些过度的夸张和连绵不断的缠绕误认为是成功的经验，继续重复在创作之中，远远背离了正确的学书途径。这种偏爱荣誉、盲目追风的观念，既阻碍了书法学习的进步，又损害了自身的身心健康。

最后要转变忽视书法理论学习的观念。汉字是中华民族的符号，汉字书法作为中国的国粹享誉全世界，它之所以具有如此悠久和强劲的生命力，源于先人创造的一套取之不尽、用之不竭的书法理论。在这套理论的指导和呵护下，任凭江山易帜、朝代更替，汉字书法世代传承、经久不衰。纵观历史，凡有成就的书法大师都是书法理论修养高深的人，忽视书法理论学习的人，技法再高也只是个抄书秀或入不了正道的江湖派。所以我们要学习先人成功的经验，重视书法理论的学习和研究，在书法理论的指导下，强化技法训练，在传承和发展中国书法事业中做出有益贡献。

## （二）细节入手　讲究技法

技法是一个综合性多方面的问题，也是书法创作取胜的关键要素。

首先是用笔的技法必须高标准、严要求。起、行、收一定要到位，即使写一个点，也要有起、行、收的过程；行笔要以中锋为主，侧锋相辅，起笔与收笔要以藏锋为主、露锋相辅；墨色要水墨交替相蘸，浓淡润枯相映生辉；书写速度不宜太快，即使是草书，也不以快取胜，而是快慢结合，写出节奏，写出灵动。老年人眼力不足或腕力减退，一下写不好的地方可以及时补笔，补得及时、补得到位，反而可出现意想不到的效果。草书创作中的搭笔也是可以大胆使用的技法，可以帮助我们及时调锋出势，增加线条质感。

其次是要讲究造型生势。中国书法史是一部造型史，古今书法大家秉承二王韵律，各自创造了独特的书法造型。造型能使四平八稳的楷体增加灵动和活力，造型能改变算盘珠式罗列的节奏和动感，造型能让整篇布局产生波涛汹涌、跌宕起伏的艺术效果。在书法学习的道路上，当具备了一定基本功后，就要研究造型的技法，谁的造型能力强谁就进步快，谁就走得更远。一旦掌握了书法的型与势，就会巧妙地通过笔断意连、疏密欹正、开合收放、俯仰错落等技法创作出具有艺术魅力的书法作品。

最后是重视章法的研究。章法是技法的重要组成部分，古人虽不刻意追求章法，但也为后人创造了若干章法的范例。书法发展到现在，已演变成一种独立的艺术表现形式，或高高悬挂在殿堂之上，或装饰在百姓家中，或通过展览的形式展示于社会。因此，书法创作的章法乃成为决定成败的重要评判标准。一个不讲究章法的作品不会被观众喜爱，在参赛初评阶段也会被淘汰出局。所以，作品的整体布局在创作前要精心设计，在创作中要反复修改。章法学问很深，我们要从细节做起，如：（1）选择自己比较喜欢的内容进行创作，在书写过程中容易把自己的性情写进去。（2）作品的第一行和第一个字非常重要，要通过字的大小、疏密、墨色浓淡等技法认真处理好。（3）每行的第一个字不能横向成排，而且不能是重新蘸墨后的第一笔，每行末端要"七长八短"，不能平行于纸底。（4）要认真对待作品的落款，使落款的书体与正文书体不相悖，落款字的大小与正文和谐，落款位置的高低、字数的多少要符合章法的要求。（5）印章宜少不宜多，宜小不宜大，印泥的质量要好一些。（6）行草书创作不要四面留边，要"以顶天立地、左冲右突"的理念写出大气横生、张力四溢的书法作品。另外，作品整体布局要收放结合，先求收再求放，收要认真，放要胆大，使草书气息打动人心。

### （三）理清思路　选准途径

书法学习的不同阶段都要有清晰的思路，思路不对就没有出路。临帖是学习书法的不二法门。初学者都要经过摹临、对临、背临、意临四个阶段，但仁者见仁、智者见智，有的人埋头抄帖，一遍遍地抄。有的人频频换帖，今天临苏轼，后天临王铎，临得不精不细、似是而非，其结果是费力不见好。而有的人自开始就选定一帖，坚持有计划地、少而精地临，收效甚好。若一日精临十字，一年下来三千多字，已是常用汉字的全部，可谓思路清晰、方法得当。再者，临帖一定要克服急躁心理，更别急功近利，应以平静的心态，像打太极、练瑜伽一样，持之以恒，边练边悟，把帖临得准、临得精、临出韵律、临出性情。

　　临帖的目的是创作。初级阶段的创作也要有明晰的思路，我们老年书法爱好者往往过高地相信自己而盲目创作，也是费力不讨好。我建议可以先走集字创作的途径。自古至今，集字创作的最高楷模是唐朝的怀仁和尚，他奉唐太宗李世民之命，把圣教序文用王羲之的字帖集字拼文，完成了千古传承的书法精品。我们书法爱好者，同样可以用集字的方法由少而多、由易而难地创作自己的书法作品，也可直接临摹现代书法大家的书法精品，从中学习写字的技法，学习章法的布局，感受名家的书写气息。如果我们了解了创作的要领，把字写得靠贴，把字与字、行与行之间的气息写出来，就可以达到初级创作阶段的目标。

　　临创结合是书法创作的更高阶段。为了攀登书法的高端，在经过临帖和初级创作的过程之后，还要回到临帖的道路上。此阶段的临帖范围可以大一些，博采众长，从涉猎的多种名帖中吸取营养，丰富书法技艺，提高点画的质量，为下一步的创作做好准备。在新的创作中，要利用夸张造势

营造艺术魅力，要通过娴熟的帖上功夫书写自己的性情，给人以既取法高古，又勇于创新的书艺之美。此阶段的临创过程，有条件一定要请名师指导，继而进入临帖、创作和临创结合的更高层次。有位书法名家讲："书法，自学等于自杀。"虽然有点刺耳，但其指导思想是正确的。我们在老年大学的初级学习阶段，已经实践了他的指导思想，如果想在书法艺术的道路攀登更高的目标，取得更大的成绩，必须拜名师指导。

最后一点要正确对待参赛和入会问题。老年书法爱好者的学书目的各有差异，我认为，首先是强身健体、修身养性，丰富我们的晚年生活。其次是分享快乐，把我们的如意作品分享给他人，同时也想分享他人的上佳之作供自己欣赏和学习。为此，参加各级书法赛事是一个很好的途径，让全国各地的老年书画爱好者，通过书法赛事互相交流，融入社会，分享快乐。最后，民间书法展的荣誉和奖励也是激励我们继续前进的动力。有人说，民间书法展的荣誉没有含金量，民间书法组织的艺术称谓没有任何意义。我认为，祖国的文化繁荣不是靠一家两家文化组织来实现的，雷锋叔叔当年说的话，我们老年朋友都会铭记心头："一枝独秀不是春，百花齐放春满园。"书法艺术的发展要靠全国的书法爱好者，包括组织各种民间书法艺术展赛的仁人志士。只要他们的赛事和荣誉能促进我们的书法学习，能激励我们再接再厉攀高峰，我们就应该支持和参加。人生不能没有追求，但也不要有太多的奢望，当我们努力去做了想做的事，并为此不懈拼搏，即使实现不了心中的最高企盼，也会坦然处之，对我们老年朋友来说第一需要的是健康的体魄，是快乐的心境，其他皆为身外之物，无须苛求。

## 附件2：书法爱好者的"字外功夫"

说到书法家，人们自然会想到他们书写汉字的精湛技法，正像提起王羲之，首先想到的是"遒媚劲健、绝代所无"的《兰亭序》。提起怀素，首先映入脑间的是他那如"骤雨旋风、惊蛇走虺（huī）"的草书《自叙帖》。殊不知，一名真正的书法家，其背后都有比书法技艺更为珍贵的东西，即人品和学问。

"古之人皆能书，独其人之贤者传遂远。然后世不推此，但务于书，不知前日工书随与纸墨泯弃者，不可胜数也。使颜公书虽不佳，后世见者必宝也。……杨凝式以直言谏其父，其节见于艰危。李建中清慎温雅，受其书者兼取其为人也。岂有其实，然后存之久耶？非自古贤者必能书也，唯贤者能存耳。其余泯泯，不复见耳。"（《欧阳文忠公集》）宋人欧阳修提出了书法家的"人格主义"评价方法。尔后，从宋、元至明、清，以至到近现代，这种书法艺术审美价值标准，潜在地规范着我们的评价意识，长期影响着中国书法的审美观念。历史上许多书法水平很高，如宋朝的蔡京、秦桧、明朝的严嵩等，他们的书法造诣极深，技法亦甚精妙，但因人品恶劣，陷害忠良，遭到后人唾弃，其书法也难以传世。明代的张瑞图，因"认贼作父"

并为奸臣魏忠贤写颂词而遭世人封杀数百年。明末王铎，因"一身二主"招致不忠不义之名，其划时代的书法杰作在异国他乡被炒作后，才辗转回到故里。

书法是中国几千年饱经沧桑的高级艺术，一直显示着中国人的文化心灵。这种文化心灵植根于儒家和道家两种古老的哲学思想。以孔子为创始人的儒家学说在中国占统治地位两千多年，是中国古代社会文化的主流思想，它提倡仁义、忠恕和中庸之道。在人生观方面，它讲求入世、进取、乐观。在艺术观方面，它肯定自然之美，强调美的实用性和功利性，强调美善二者的统一，而且把人的道德修养立为头等大事，认为书法技艺只是载道的工具。所以，**书法的修为要把人品放在第一位，把人格修养视为立艺之本。**元人赵孟頫在其《兰亭十三跋》中说："右军人品高，故书入神品。"清人朱和羹说："学书不过一技耳，然立品是第一关头。"（《临池心解》），当代书法家林散之先生也教诲我们，"谈艺术不是就事论事，而是探索人生""做人着重立品，无人品不可能有艺品"。书法和人格的合而为一，是历代先人倡导并追求的，作为现代的书法爱好者，也要把做人放在第一位，在习书的道路上不仅要强身健体，而且要修身立德。

**关于学问，也是书法爱好者必须加强和具有的。**在中国历史上，没有不读书的书法家。宋代苏东坡曾说："退笔如山未足珍，读书万卷始通神。"明代董其昌也说，要"读万卷书、行万里路"。人类的知识浩如烟海，作为一个书法爱好者，要从以下五方面提高自己的"字外功夫"：

**一是打好文字学的基础。**学习书法，主要和文字打交道。日常用的3500多汉字首先要学会，对喜欢篆书的朋友，还要学习古文、籀文，从而了解大篆、小篆的起源和来龙去脉。对于习草的朋友，还要学习草书的法则，不要以为草书可以信手拈来、任意挥洒，要先识草、辨草、再记草、写草。《草诀歌》是学习草书的好助手。在当下书法比赛和展览活动日益频繁的形势下，许多习书者热衷于各种比赛的投稿，却忽视了文字学方面基本功的训练和积累，导致参赛作品中有不少错字、漏字，这是"硬伤"，都会在初评时被无条件拿下。所以说，文字学方面的基本功非常重要。

**二是提高哲学、美学素养**。汉字书法是一种独特的文化艺术，它在黑与白、点和线的变化中，完成人的精神创造和情感宣泄。如何从哲学、美学等视觉揭示书法的特征，尚具有广阔的研究空间。中国的书法从书写符号发展成为艺术，由实用性书写发展成纯粹供观赏的艺术形式，其间经历了漫长的过程，其背后的功能，多半来源于文化哲学思想和美学思想。比如中国哲学和美学中"气"的思想，就是促使书法成为独特艺术的关键性因素。书法艺术中的"行气""贯气""节奏""灵动"等，都渗透着中国哲学中的气化哲学思想和美学中"气"的思想。古人曾以"一阴一阳谓之道"概括书道的秘意，就是将书法当作一种"气"的艺术。所以说，学习书法，有必要对中国文化的基本精神、中国美学的重要范畴，中国艺术的审美特征多学习、多了解。

**三是要旁通相关艺术**。书法艺术和其他艺术门类犹如水乳交融，书法与琴棋绘画、与诗词歌赋、与园林建筑、与音乐舞蹈等，都有着深层次的筋脉相连的关系。书法著作中许多名词术语和惟妙惟肖的比喻，如张旭"观公孙大娘舞剑"、张怀瓘说书法是"无音之声"、明代篆刻家朱简说"使刀如使笔"、邓石如的"书从印入、印从书出"、元代赵孟頫"石如飞白木如籀、写竹还应八法通。若也有人能会此，须知书画本来通"，都说明书法和许多艺术形式相通，其思想观念和思维方式有着惊人的相似或暗合，而恰恰是这些观念特征为中国文化营构出不同于西方艺术的观念特征。习书者若同时善歌舞、通建筑、会篆刻、爱绘画，习书的悟性会油然而生，书法的技法会游刃有余。

**四要师法自然、热爱生活**。书法家加强"字外功夫"，还有很重要的一条，就是向大自然学习，向生活学习。唐代画家张璪曾说，"外师造化、中得心源"，这句话成为指导中国绘画发展的总纲领，也是指导整个中国艺术发展的最根本的美学命题。据史料及人物传记可见，古代很多大书法家，都曾在游历名山大川和参悟生活中汲取营养、开阔眼界、增加学问。比如，喜爱草书的朋友，见到黄河壶口瀑布和钱塘江大潮时，心中激动，甚至手舞足蹈，仿佛是不自觉地挥笔潇洒、全身用力书写一样。又如喜爱篆、隶的朋友，在一片树林里游览时，见到枣树的枝杈、柿树的枝干、松树的盘根错节，仿佛就豁然理解了篆、隶书中线条的"骨力"，也就读懂了古人在书法著作中"万岁枯藤""崩浪雷奔""春蚕食叶""疏可走马、密不透风"等自然景观妙语的真实含意。书法家在"外师造化"的过程中，向自然寻觅书法的生命精神，并提炼为极富有的动感线条，正如唐代李阳冰一段名言所记："于天地山川，得方圆流峙之形；与日月星辰，得经纬昭回之度；于云霞草木，得霏布滋蔓之容；于衣冠文物，得揖让周旋之体；于须眉口鼻，得喜怒惨舒之分；于虫鱼禽兽，得屈伸飞动之理；于骨角齿牙，得摆拉咀嚼之势。随手万变，任心而成。可谓通三才之气象，备万物之情状者矣。"这些比喻和描绘，都是对书法和自然、和生活之间关系的最好说明。多观自然之象、多写自然之势、多察万物之形、多悟造化之真，书法家就能"造化得心源"，"立象以尽意"。

## 附件3："墨香四溢"书法课堂首课讲稿

朋友们，大家好。"墨香四溢"书法课堂今天开课。因为是首课，我想给大家首先介绍一些汉字的相关知识，希望能对大家认识国学、喜欢书法有所帮助。

### 一、汉字的历史及其创造者

中华民族拥有悠久的历史、灿烂的文化，是世界文明古国之一。汉字是记录中国历史、传承中华文明的主要载体。大家可能都知道，汉字的历史可以追溯到5000年前。根据最新的专业书籍介绍，汉字的起源又往前推进了数百年，即近6000年。大家会问，远古时代的历史年限是如何断定的呢？常识告知我们，要靠史书记载。然史书的收藏极其有限，因为历史太久远，书籍类史料难免遭受天灾人祸的涂炭而化作烟灰。自清代以来，中国的考古学有许多重大发现，依靠地下的出土文物填补了许多历史空白。如，甘肃半山、青海乐都柳湾的马家窑文化遗址，山东章丘、青岛赵村一带的龙山文化遗址，浙江良渚、江苏马桥的良渚文化遗址，陕西临潼、邰阳的仰韶文化遗址等，都出土了大量的古汉字及古汉字雏形文字。根据考古新发现，考古人员、文字研究专家学者们要进行收集、整理、研究分析、反复论证，最后做出科学断定。如清代以来的罗振玉、王国维、董作宾、郭沫若、于省吾等，都为汉字的研究做出了重大贡献。著名古文字学家、文献学家、考古学家于省吾教授在其《关于古文字研究的若干问题》一书中，曾明确写道："仰韶文化距今有6000多年之久，那么，我国开始有文字的时期也就有了6000多年之久，这是可以推断的。"郭沫若先生也认为古汉字的产生"可以一直追溯到距今6000年前的半坡仰韶文化"。

所以我们可以自豪地说："中华民族使用的汉字，上下绵延6000年，是人类历史上任何一个民族都不可比拟的，是传承时间最长的文字。"

那么，古文字的最早创造者是谁呢？

现场的许多小朋友都会举手，说汉字的发明者是仓颉，因为他们曾读过"仓颉造字"的故事。是的，仓颉是流传几千年的汉字创造者。早在战国时代，根据荀子（荀卿）在其《解蔽篇》里就提到仓颉的名字，称"好书者众矣，而仓颉独传者，一也"。后来随着汉文字的发展、演革，仓颉的名字进一步被传颂，说仓颉是黄帝的史官，长着四只眼，是一个神人。传说到清代，被编成历史故事，列入少年儿童读物，"仓颉造字"便妇孺皆知。但是，按照历史唯物主义和辩证唯物主义历史观，历史是劳动人民创造的，汉字应是中华民族的祖先在长期的劳动生活实践中创造的，仓颉是那个时代为收集、调研、整理文字做出重要贡献的传说人物，绝非他一人所创。所以说，我们在学习和研究最古老的汉字——象形文字时，也要坚持马克思列宁主义的历史观，相信历史是劳动人民创造的。与此同时，也不忘记那些为汉字的发展演革做出重大贡献的人。

## 二、汉字及其书法的发展演革

从远古时代的"象形文字",到甲骨文的成熟时期,古汉字的数目由少至多,由不成熟阶段到成熟阶段,经历了 1000 年以上的漫长年代。现在,我们可以看到的甲骨文单字近 15000 个。

说到甲骨文,我们还要感谢和崇敬那些脚踏实地、默默无闻的考古学者和文字学者。比如,甲骨文字的发现仅有 100 多年的历史。19 世纪 80 年代初,一位山东籍京官王懿荣,对文字研究颇感兴趣。有一年他患疟疾时,曾找中医大夫为其诊治,在家人从药房取回的中草药中有一味叫龙骨。龙骨片上有用刀刻画的若干痕迹。王懿荣好奇地仔细观察后认定,那些刀痕极有可能是古文字。他找来著名的文字学家刘鹗共同分析,认定那些龙骨非同一般。于是采取顺藤摸瓜的方法,追踪到河南省安阳市的小屯村。在

• 在墨香四溢书法课堂上(2016 年)

小屯村附近发现大量埋于地下的"龙骨"。那些"龙骨"上的刀刻文字成为研究甲骨文的重要史料,刘鹗据此写出《铁云藏龟》一书,是我国第一部记录甲骨文的专著,为研究汉字的发展做出了重大贡献。

从公元前 11 世纪的西周到春秋战国，又有近千年的沧桑岁月，汉字的发展经历了巨大的进步，尤其是熔铸在钟鼎器上的金文，为汉字书法艺术开创了新篇章。西周宣王时期创造的籀文，是汉字五大书体之一——篆书的根基，史官籀被后世视为汉字最早的书法家。这一时期有记载的汉字的数量达 5340 个。

当历史的车轮驶入秦汉时期（公元前 206—公元 220 年），汉字有了惊人的发展。东汉许慎的《说文解字》一书，收录汉字达 9353 个。汉字的书法演革也朝着实用性、规范化的方向发展。首先，秦始皇时代出现了篆书的新面目，即区别于大篆的小篆。创造小篆书体的代表人物是李斯。到西汉时期，又出现了汉字五大书体之二的隶书，这就是现代书法界常说的"秦篆汉隶"。

魏、晋、南北朝时期，是汉字发展的又一个飞跃。从数目上说，南北朝的顾野王编写了《玉篇》，收入汉字 16917 个。从书法艺术层面看，楷书、行书、草书应运而生、各显生机。特别是晋代王羲之、王献之父子对行、草书的贡献，世代传为法书，名冠"书圣"。另外这一时期的刻石造像、墓志所使用的汉字，非篆非隶，又不是二王的行书，而是唐代楷书的胚胎，后世将其纳入楷书系列，统称"碑楷"。

唐朝使用汉字的主流书体是楷书，先后出现了许多名家，如唐初的欧阳询、虞世南、褚遂良、薛稷，中期的颜真卿、李邕，晚唐的柳公权、杜牧等。现代人学习楷书所用的法书多是选用上述名家的字帖。值得一提的是，唐朝有两位草书名家——张旭和怀素，逆楷书潮流而行，将汉代张芝等人的草书发展为更狂放、更率意的狂草，被时人称为"颠张醉素"，现代习草者，无一不研习张旭和怀素的帖本。

宋代以后，汉字的使用量更大，汉字字典书籍应运而生，北宋司马光主持编写的"类篇"，收入汉字 31319 个。明代万历年间梅膺祚编写的"字汇"，收入汉字 33179 个。清代康熙年间张玉书等编写的"康熙字典"，收入汉字 47035 个。汉字的书法艺术到唐、宋时代日臻完善，篆、隶、楷、行、草五大书体已步入规范化。元、明以后虽有许多名家，但无人超越唐宋时期。值得注意的是：清代掀起兴碑贬帖的一段历史，给书坛带来碑、帖两大流派的纷争，一度出现了"三尺童子，十室之社，莫不口北碑、写魏体"的尊碑卑帖之风。期间涌现出一批碑学名家，如邓石如、伊秉绶、何绍基、赵之谦、吴昌硕等。

新中国成立后，国家多次对汉字进行修补整理。"汉语大词典"，收入汉字近60000个，汉字库中存有汉字达90000多个，是汉字有史以来最多、最全的使用量和存量，汉字书法艺术的发展也达空前水平。除书法爱好者用毛笔书写各种书体外，电脑储存的五大书体、魏碑及宋体、仿宋体美术字等，随用随调，十分便利。

汉字的数量如此巨大，不可能都认识，那么，作为普通国民，认识多少为好？

新中国成立后，1965年国家曾颁布"印刷通用汉字字形表"，收入常用汉字6196个，1981年发布的"信息交换用汉字编码字符集"，收入常用汉字6763个。6000多个常用汉字，是一般国人识字量的最高限。因为一部洋洋120回的《红楼梦》使用的汉字单字量只有4462个，长百万字的《毛泽东选集》（1～5卷）使用的汉字单字量也只有4356个。所以说，如果我们能认识五六千汉字，就具备参加全国汉字识字秀比赛的资格。因为能认识五六千字的人，在日常阅读时，仅有万分之一的生字。

对于一般中等及其以下文化水准的人。我们最低要认识2400个汉字。2400的概念是日常阅读时，每读100个字中可能就会遇上一个不认识的生字。这种水准是很憋屈的，不能满足一般文化人的要求，所以国家发布了3500个现代汉语常用字，是一个比较恰如其分的、比较科学的汉字识字量。

## 三、学习书法的好处及入门指南

汉字书法是中国的国粹，书法依汉字而生，又以其独特的艺术魅力传承数千年而不衰，作为热爱祖国的中国人，要热爱普通话，写好汉字。现在有一句比较流利的广告宣传叫"做堂堂正正的中国人，写漂漂亮亮的中国字"，我十分赞成。能写一手漂漂亮亮的中国字，对人的一生非常重要。

**首先，学习书法是认识汉字、提高国学水平的重要途径。** 历代书法字帖的多数内容，都是传世的经典诗、词、文、赋，书写者在书写过程中，首先是认识和欣赏这些经典国学内容，从经典诗词文赋的字里行间感受国学的博大精深，感受古代先贤传承国学的赤诚之心。对此，我有切身体会。有

• 在社区书法培训班上为孩子们辅导软笔书法（2016年）

一次，我应朋友之托，为他的老师写一副"春蚕到死丝方尽，蜡炬成灰泪始干"的楹联时，我首先查找了诗句的出处，在阅读李商隐这首"无题"诗时，竟吸引我在"唐诗一万首"中，连续近一周的时间，细读数百首李商隐写景、咏物、释怀、醒世的各类诗，其中许多优美的诗句，深邃的含义，真情的发泄，宛如一篇篇历史故事、一段段人生感言，发人深思、回味无穷。所以在书写"春蚕"和"蜡炬"时，从内心充满对"到死丝方尽"，"成灰泪始干"的春蚕和蜡炬的敬意，饱墨挥毫、倾情于笔，写出了比较满意的楹联。**第二，学习书法能提升人的素质，让人生更精彩、事业更辉**

煌。我们炎黄子孙,自古以来对"脸面"(面子)看得很重,接人待物间,双方的"面子"是成功的重要因素。汉字写得漂不漂亮,仿佛人的脸面一样,会给人留下强烈的第一印象。举个真实的例子。中国工农红军经过两万五千里长征到达陕北时,穿的、戴的、吃的、喝的都极为简陋破旧,被富豪绅士卑称为"泥腿子"。当年共产党延安边区政府坚持抗日民族统一战线政策,吸纳了一些当地有名气的文化人任边区政府参议员。其中有一位清代的翰林叫肖芝葆,他开始时拒绝邀请,原因是他认为八路军破衣破帽没文化、不识字、没有多大造化。信息反馈到毛泽东主席的窑洞。毛泽东则派人找到工农红军中文化水平高、毛笔字写得最漂亮的舒同,并对舒同面授计策,让舒同写一封信,并用最拿手的书法"敲老夫子一下"。当"马背上的书法家"舒同按要求把写好的信交给毛主席看时,毛主席十分满意,又派人送给肖芝葆。肖面对舒同的书法大吃一惊,阅信后深受教育,一再表示"我看错你们这支队伍了",当他面见40岁左右的舒同时,又惊又喜,想不到在八路军队伍里还能遇到书艺如此高的人,于是他诚心答应参加延安边区政府参政议政。**第三,学习书法能修身养性、强身健体**。学习书法就如打太极一样,能将人带入平心静气、专心致志的意境,久而久之,暴烈的性格会趋于温和,生活的烦恼会平静化解,世事的浮躁会与你渐远。古有箴言:书法能育人、能养人、能提升人的人品。

有同学要问:"书法好不好学?初学者有无捷径?"

我的回答:书法是一门特殊的艺术。学习书法和学习其他艺术一样,没有捷径可走,有人说"书法十天速成",全是一种诱人的广告。晋代王羲之的"墨池"、唐代怀素的"笔冢",说明古人能写一手好字的不易。元代大书法家赵孟𫖯是宋代皇室子弟,自幼习练书法,成名成家后仍坚持"日写万字以上",清末著名书法家吴昌硕对石鼓文情有独钟,自50岁左右开始练习,日日不辍,一直写到80多岁,成为古今石鼓文书法第一人。古人的学书态度和勤奋精神为我们树立了榜样。

又有朋友问:"初学书法,选择哪种书体最好?"

一般人认为，学习书法必须从楷书学起，理由有三：一是楷书的笔画

• 小学生认真书写毛笔字（2016年）

要求严谨，对起笔、行笔、收笔要笔笔到位，适合初学者练点画的基本功。二是楷书的书写速度比较慢，适合初学者开始学书的实际。三是楷书字字独立，对大章法的艺术要求不苛刻，初学者容易上手。也有人认为，不能千篇一律，要因人而异，要凭学书者的眼缘，决定自己的习书书体，理由也有三：一是习书者对书体的第一印象非常重要，即悟性、灵感。往往第一眼的喜欢会是成功的一半，许多成功的书法家开始学书时凭自己的喜爱开始，并非从楷书入手。二是习书要取法高古，楷书是从篆、隶、魏碑、北碑发展演革而来，所以，楷书并非取法的第一选择。三是从现代人习书的实用性来说，楷书并不是最佳的选择，而从魏晋二王的行书入手更为适宜。行书的书写速度、观赏性、实用性都比楷书更优越。我个人的看法是，如果你是中、小学生想学书法，应从楷书入手临帖；如果你是成年人"半路出家"学书法，可凭自己的眼缘和心里喜爱，选择喜欢的书体，可篆、可隶、可楷，待达到一定水平后，再扩大书体范围；如果你是老年朋友学习书法，

捷径是选择自己喜爱的一种书体，拜师求教，突出重点，少而精地学习为好。但有一点需要注意，一开始就学草书的成功率是极低的，可以说是为零。因为草书在各书体中艺术含量极高、书写难度最大，没有扎实的书法功底难以写出成功的作品。总之，要坚持取法高古的原则，以古代（明代以前为好）名帖为根，参考现代名家的作品为辅。

又有朋友问："如今写碑体的人不少，碑和帖哪个好？"

碑和帖，都是古人留下的宝贵财富。两千多年来，以王羲之为代表的帖学一直占据书法的主流，涌现出成千上万的帖学书法名家。关于碑学，是以石刻、墓志为主要载体的书法流派，其历史与帖学相伴而生，其用途主要有两类：第一类是为逝去的帝王将相歌功颂德、树碑立传，为故去的亲人、社会名流立碑传世。第二类是文人墨客游览名山大川时为自然风光题写的墨宝，即摩崖刻石等。鉴于第一类的阴气，导致魏晋、南北朝时期的碑刻书艺不被后代学书者青睐，直到清代，才被一批书法理论家和改革派倡导，出现了尊碑卑帖之风，被冷落千年的碑体书法重放异彩。

世界上的任何事物都是物极必反，所谓北碑与南帖的纷争也源于此。大清帝国是少数民族处于统治地位，但出身于满族的前几代皇帝康熙、雍正、乾隆都是汉字书法的崇拜者。清圣祖康熙8岁即位，喜好汉字书法，崇尚晚明董其昌的帖派书风，曾将董的书法真迹搜访殆尽，锐意临摹，并极力推崇。清世宗雍正在书法上深受其父影响，远师晋唐，近法董其昌，倡学楷、行，帖学造诣极高。清高宗乾隆更是帖派大家赵孟頫的"粉丝"，他把内阁收藏的历代法书真迹"详加辩白，遴其佳者，荟萃成编"，刻成"三希堂法帖"，将明代的"台阁体"书法演革成赵氏书风的清代"馆阁体"，让帖学达到高峰。清一色的帖派书风，达到巅峰之后，必有衰退之时。嘉庆年间，著名经学家、训诂学家，曾任礼部、兵部、户部、工部侍郎及浙江、江西、河南巡抚、漕运总督的重量级人物阮元著书《南北书派论》和《北碑南帖论》，引起轰动，随后有包世臣、康有为等重要阁僚先后著《艺舟双楫》和《广艺舟双楫》，将阮元的观点进一步发挥，夸大魏碑，攻击帖学，鄙视唐楷，遂使碑学大行于世，打破了自唐代李世民开创的二王帖学主宰天下书坛不可侵犯的局面，而使那些名不见经传的魏碑和南北朝时期的石刻、造像、墓志等成为学书的法本，让古代民间书法艺人的大批创作重见天日、大放异彩。同时清代也涌现出一批碑派的领军人物，其魏碑佳作为后世留下了习书法宝，至今仍引领着无数的爱好者耕耘在"魏碑大地"上。据相关学者统计，全国历届楷书获奖作品，作者大多数选择北碑书风，将魏碑楷书的古朴茂美、浑厚率真、骨傲气壮、孤高不羁表现得雄强、劲健、峭拔，吸引了评委们的眼球。

所以，碑和帖都是学习书法的阳关大道。对初学者来说，主要是看自己的爱好，选择你视觉眼缘最爱，内心心灵最慕的书体。各种书体的字帖法书，新华书店里有很多，大家可以自己选购，或在老师的指导下购买。

本讲堂第一节课到此结束，谢谢大家。

**附件4：共产党员要从自身做起 营造良好的廉政社风**

### 一、廉政是古往今来千年回响的话题

　　学习中国社会发展史，我们可以清楚地发现，廉政是古往今来千年回响的话题。一个新朝代的建立，它代表着当时新兴的社会力量，代表着历史前进的方向。但当它夺取了政权，有的执政几十年，有的执政几百年，由于解决不好自身的腐败和堕落，又被另一个新兴的社会力量推翻，朝代更替、江山易帜，正如唐代诗人李商隐在其咏史诗中写道："历览前贤国与家，成由勤俭破由奢。"意思是说，纵观历史上的朝代和家族，兴旺发达取决于勤俭，而灭亡和败落的原因则是奢侈腐败。李商隐的这句话极其经典地概括了"俭则兴，奢必亡"的治国治家方略。

　　正因为如此，历史上出现了许多政治家、文人墨客，利用戏剧、诗歌等不同形式，警示当权者要倡导廉政、反对腐败。"包公铡美""陶母退鱼""海瑞罢官"等，流传千百年仍具有鲜明的现实教育意义。冯梦龙等编著的"喻世明言""警世通言""醒世恒言"，也用无数历史故事，传递着同一个信息，即腐化堕落是万恶之源。国要久安，家要兴旺，都要接受廉政的检验，封建社会如此，资本主义社会如此，社会主义社会也如此。

中国共产党自1921年建党，历经28年艰苦卓绝的斗争取得了最后的胜利。毛泽东主席把进北京掌权比喻成"进京赶考"，明确指出"夺取全国胜利，只是万里长征走完了第一步"，告诫党的干部不能学太平天国的洪秀全，也不学明末的闯王李自成。当共产党内出现了腐化堕落的高官时，毛泽东采取"零容忍"的态度。枪决天津地委两位主要领导干部刘青山和张子善，就是铁证。

刘青山和张子善，都是1914年出生的年轻干部，从小参加革命，经历了抗日战争和解放战争枪林弹雨的考验，也建立了不少功绩，进城后则被任命为天津地委的主要领导，时年不足40岁，可谓年轻有为，前途无量。但刘青山、张子善经不起资产阶级糖衣炮弹的侵袭，执政不久就开始腐化堕落，刘青山还吸食毒品、任意挥霍，为了满足自己的奢侈生活，他们贪污、盗窃地方粮款、防汛水利专款、干部家属救济粮款等价值150多万元。现在看来，150多万元并不是惊人的数字，但在20世纪50年代初期，则是个天文数字。所以，此案惊动了毛泽东主席。

据史料记载，毛泽东顶着巨大的压力决定处决刘青山和张子善。一是自身惋惜这两个年富力强的干部。新中国成立不久，正是用人的时候，特别是年轻有为的干部更是党的宝贵财富，处决刘、张就像三国时代诸葛亮"挥泪斩马谡"。二是刘、张虽然年轻，但都是20世纪30年代初加入中国共产党的老党员，在革命斗争中功勋卓著，是毛泽东主席心中挂号的"功臣人物"。三是对刘、张的处理，牵动了华北一大批干部的心。据薄一波同志的回忆录中记述，当时的河北省委书记黄敬，曾多次向时任华北局书记的薄一波为刘、张求情，希望能给刘、张一个痛改前非的机会，而薄一波也亲自向毛泽东汇报，希望毛主席能按河北省委在"死缓"的意见上画圈。周恩来总理为刘、张的处理也曾几次向毛主席请示，但毛泽东主席在痛定思痛之后，断然拒绝了方方面面的说情，并说："正因为他们两人的地位高、功劳大，所以才下决心处决他们。只有处决他们，才可能挽救20个、200个、2000个、20000个犯有各种不同程度错误的干部。黄敬同志应该懂得这个道理。"就这样，新中国成立以来的第一大案在毛泽东主席"零容忍"的坚持下一锤定音。1952年2月10日，正是农历正月十五，在河北省省会保定市体育场，召开了"公审大贪污犯刘青山、张子善大会"，依法处决了刘青山、张子善。

在新中国成立之后近70年时间里，中国共产党历届领导集体一直高举反腐倡廉的旗帜，在不同时期不同阶段，采取了许多有力的措施，如50年代的"三反五反"、60年代的"四清"、90年代的"保持共产党员先进性"的大讨论，之后的"八荣八耻"学习教育，都是针对党员和党员领导干部勤政、廉政的教育。党的十八大以来，以习近平为总书记的党中央，继承和发扬毛泽东时代党的优良作风，从严治党、从严管党，采取了一系列让人民群众看得见、摸得着的英明决策，加强了党的自我净化、自我完善，赢得了人民群众的一致拥护。特别是"三严三实"教育和"老虎苍蝇一起打"的肃贪行动，取得了显著的效果。习总书记提出的"三严三实"，正是我们党的第一代领导集体在西柏坡提出的谦虚谨慎、艰苦奋斗、戒骄戒躁、严以自律、踏实做事等优良作风的高度概括。严以用权，就是坚持用权为民，按党规和国家的制度行使权力，不搞特权，不以权谋私。严于律己，就是心存敬畏、手握戒尺，慎独慎微，勤于自省，遵守党纪国法，做到为政清廉。严以修身，就是要加强党性修养，坚定理想信念，提升道德境界，追求高尚情操，自觉远离低级趣味，自觉抵制歪风邪气。"三严"就是廉政的要求。在"三严"的约束下，做到"谋事要实"，"创业要实"，"做人要实"。若有违反，必将受到追究和惩处。近年来，不少高官被依法惩处，创造了党的历史上从未有过的力度。据专家学者统计，十八大之后的2013年，全国惩处贪官的处分率突破万分之二，处理人数达18多万。2015年，处分率接近万分之四，处理贪官33万多人。而新中国成立以来各项政治运动，纠正"左倾右倾"、处理干部的处分率仅为万分之一点六左右。习近平总书记2013年6月，在全国组织工作会议上讲话中明确提出："要加强对干部经常性的管理监督，形成对干部的严格约束，没有监督的权利必然导致腐败，这是一条铁律。组织上培养干部不容易，要管理好、监督好，让他们始终有如履薄冰、如临深渊的警觉。"习总书记还指出："党员干部越是位高权重，越要受到严格管理和监督，老虎屁股摸不得是不行的"，"如果管党不力，治党不严，人民群众反映强烈的党内突出问题得不到解决，那我们党迟早会失去执政资格，不可避免被历史淘汰"。从这些讲话中，我们可以看到党的领袖对干部的关爱之心，同时又看到领袖对管党治党的强硬手腕。

## 二、共产党员要自觉承担反腐倡廉责任，不要"隔岸观火"，而应"自我烧身"

我们应清楚，反腐败的成功不是仅靠惩处大贪官，最重要的应该是发动全国八千多万共产党员，每人都要承担反腐倡廉责任，从自身做起，用实际行动捍卫党的纯洁性。我们每个共产党员，都是党组织细胞中的一分子，打个比喻说，共产党是一棵参天大树，各级党组织就是大树的枝杈，每个共产党员就是大树枝杈上的一片片叶子。几片叶子枯萎、凋谢，不会影响大树的生命，但如果叶子多数枯萎了，凋谢了，大树必定枯死。所以说，大树的叶子关乎大树的生命，每个共产党员都是共产党肌体中的一个分子，也都关乎党的生命。在决定党生死存亡的反腐倡廉运动中，我们每一位党员不要隔岸观火，只盯着揪高官，打老虎，好似与自己没有关系，这种观点是不对的。说句不好听的话，我们今天不是被拍的"苍蝇"，但如果不学习、不提高，随波逐流，说不定哪一天也会变成被拍的"苍蝇"、"蚊子"。因为现在是高度发展的信息化时代，人人都与网络亲近着，有的网络用一些虚拟的东西涣散民心，用一些不健康的东西腐蚀人们的灵魂，有的甚至恶意攻击共产党的方针政策，鼓吹西方的所谓民主自由，如果我们头脑不清醒，政治鉴别力低，很可能以假当真、认邪为正，在街谈巷议中，也跟着说些不负责任的、与党离心离德的话，失去共产党员的先进性，这是很危险的。

那么，一名普通共产党员，特别像我们已经退休离岗的老党员，应该怎么做呢？我认为，**一要做到思想不衰退**。退休以后，虽然组织活动少了，但关心国家大事、认真读书学习不能少。要多学习、多参加有益的社会活动，在学习和活动中，提高思想认识水平，接受正能量。**二要做到"不忘初心"**。我们共产党员在入党宣誓时，都曾举起右手、握紧拳头，满腔热血沸腾，庄重地一字一句地宣誓，"拥护党的纲领，遵守党的章程，履行党员义务，执行党的决定，严守党的纪律，保守党的秘密，对党忠诚，积极工作，为共产主义奋斗终生，随时准备为党和人民牺牲一切，永不叛党"。这一句句坚定响亮的声音应伴随我们一辈子，即使退休赋闲在家，也不能忘记当年的"初心"，一生要保持共产党员的先进性，时刻记住自己是先锋队里的一员，说话办事都要为群众带好头，做表率。**三要自我"引火烧身"**。社区的共产党员，绝大多数是离岗退休退职人员，表面上看已经无职无权，没有激流险滩的历练，也没有风口浪尖的考验，好似与反腐倡廉的大局相距很远，甚至认为与己无关，这种认识是错误的。反腐倡廉是党中央全面从严治党的重大举措。从严治党的基础在全面，面向8700多万党员、430多万个党组织，覆盖党建各个领域、各个方面、各个部门。每个共产党员都要在这场关系党生死存亡的斗争中接受教育，用习近平总书记的话说，就是补足共产党人精神上的"钙"。因为人一旦缺钙，就会得"软骨病"，"就可能导致政治上变质、经济上贪婪、道德上堕落、生活上腐化"。历数近年来落马的"老虎""苍蝇"，他们之所以坠入深渊，也是一步步从思想蜕变、信仰缺失开始的。所以，以习近平总书记为核心的党中央提出**从严治党的基础在全面，根本在于加强思想教育**。我们活动在社区的共产党员，要珍惜学习的机会，自我"引火烧身"，查一查，自己在执行党规党矩方面存在的问题，看一看自己在遵循共产党员的总章程，即总规矩方面做得怎么样？看一看自己在执行党的纪律，尤其是政治纪律方面做得怎么样？看一看自己在维护国家的法律方面做得怎么样？看一看自己在党的教育下几十年养成的好传统、好作风现在保持得怎么样？总之，我们要联系思想实际、注重学习提高，始终不能忘记共产党人的政治灵魂是对马克思主义的信仰，是对社会主义和共产主义的信念。**四要管好身边的人**。社区的离退休老党员，几十年风风雨雨，摸爬滚打，走到光荣离岗退休的地步是不容易的。我们在岗位的时候，听党的话，服从领导、遵守纪律、公而忘私、勤政廉政，曾为我们的子女和身边的人做出了榜样。现在，我们离岗退休了，仍然要担负起教育和监督身边人的责任。因为现在形式很复杂，帝国主义亡我之心不死，国际反华势力看到中国的崛起而怀恨在心，国内的反动势力无孔不入地损害共产党的威信和影响。我们老党员要担负起时代赋予我们的责任，教育管理好我们的子女和身边亲人，让他们生活富裕不奢侈、言论自由不出格、大是大非不糊涂、前仆后继不掉队。

前些天，我去一个社区办事，看到那里的宣传栏里有一首社区老党员写的诗，"不贪不赌不喜艳，粗茶淡饭心坦然。不违法纪严律己，勤俭本分做奉献"，诗很朴实，接地气，内容健康向上，就好像给一位好人画的像一样。当时我心想，应向这个诗里的人学习。毛泽东主席曾教导我们，世界上的任何事物都是变化的，促成变化的原因有两个，一是外部条件可能促其变化，二是内部因素促其变化。外因是变化的条件，内因是变化的依据。我们共产党员时刻要警惕腐败的侵袭，要看清歪门邪说的本质，要洁身自爱，要守住底线把好关，从自身做起，以培育和弘扬社会主义核心价值观凝魂聚气、强基固本，自我铸起一道防腐拒变的思想防线，努力为营造良好的社风、民风添砖加瓦、推波助澜。在此我愿把我撰写和发表过的一条人生格言与大家分享，希望得到大家的认可和喜欢："长鸣的警钟要靠自己从内心敲响，活到老，敲到老，一身正气到终了。"这句人生感言曾发表在"中国中外名人格言"和中华传统文化系列丛书编辑委员会编、中国文史出版社出版的"中华名言词典"，我是这么想的，几十年也是这么做的。

（本文是作者2015年夏应金龙花苑社区邀请做的社区党课讲稿，被编入西港路街道办事处草根宣讲员文汇，本书收入时又做了一些修改补充。）